古都
こと

高慧勤 译

かわばた やすなり

[日]川端康成 著

长江出版传媒

长江文艺出版社

图书在版编目（CIP）数据

古都 /（日）川端康成著；高慧勤译. --武汉：
长江文艺出版社，2023.3
ISBN 978-7-5702-3005-1

Ⅰ. ①古… Ⅱ. ①川… ②高… Ⅲ. ①中篇小说－日
本－现代②短篇小说－日本－现代 Ⅳ. ①I313.45

中国国家版本馆 CIP 数据核字（2023）第 014807 号

古都
GUDU

责任编辑：雷　蕾　付玉佩　　　　责任校对：毛季慧
封面设计：郭婧婧　　　　　　　　　责任印制：邱　莉　胡丽平

出版：长江出版传媒 长江文艺出版社
地址：武汉市雄楚大街 268 号　　　邮编：430070
发行：长江文艺出版社
http://www.cjlap.com
印刷：武汉市首壹印务有限公司

开本：880 毫米×1230 毫米　　1/32　　　印张：7.75　　插页：4 页
版次：2023 年 3 月第 1 版　　　2023 年 3 月第 1 次印刷
字数：141 千字

定价：36.00 元

目　录

古　都

春之花

千重子发现枫树的老干上，紫花地丁含苞吐蕊了。

"哦，今年又开花了。"千重子感到了春的温馨。

在市内这方狭小的庭院里，这棵枫树显得特别大，树干比千重子的身腰还粗。树皮又老又糙，长满青苔，当然同千重子那婀娜的腰肢无可比拟……

枫树的树干，齐千重子腰际的地方，略向右弯，到她头顶上面，愈发弯了过去。而后，枝叶扶疏，遮满庭院。长长的枝梢，沉沉地低垂。

在树干屈曲处的稍下方，似乎有两个小洼，紫花地丁就长在两个洼眼里。而且，逢春必开。自千重子记事时起，树上便有这两株紫花地丁了。

上面一株，下面一株，相距一尺来远。正当妙龄的千重子常常寻思：

"上面的紫花地丁同下面的紫花地丁，能相逢不？这两枝花彼此是否有知呢？"说紫花地丁"相逢"咧，"有知"咧，究竟是怎么回事呢？

每年春天花开不过三五朵。可是，到了春天，就会在树上的小洼眼里抽芽开花。千重子在廊下凝望，或从树根向上看去，时而为这紫花地丁的"生命力"深自感动，时而又泛起一阵"孤寂之感"。

"长在这么个地方，居然还能活下去……"

到店里来的顾客，有赞赏枫树长得美的，却几乎无人留意紫花地丁开花。苍劲粗实的树干上，青苔一直长到老高的地方，显得格外端庄古雅。而寄生其上的紫花地丁，自然不会博得别人的青睐。

然而，蝴蝶有知。千重子发现紫花地丁开花时，双双对对的小白蝴蝶，低掠过庭院，径直飞近枫树干上的紫花地丁。枫树枝头也正在抽芽，带点儿红，只有一丁点儿大，把翩翩飞舞的白蝴蝶衬映得光鲜夺目。两株紫花地丁的枝叶和花朵，在枫树干新长的青苔上，投下疏淡的影子。

这正是花开微阴，暖风和煦的春日。

直到白蝴蝶一只只飞去，千重子仍坐在廊下凝望枫树干上的紫花地丁。

"今年又在老地方开花，真不容易呀。"她独自喃喃，几乎脱口说出声来。

紫花地丁的下面，枫树根旁竖了一盏旧的石灯笼。灯笼柱上雕了一个人像。记得有一次，父亲告诉千重子说，那是基督。

"不是圣母玛利亚么？"千重子当时问道。"有座大的和北野神社里供的天神像极了。"

"据说是基督。"父亲肯定地说。"手里没抱婴儿么。"

"哦，当真……"千重子点了点头。接着又问，"咱家祖上有人信教么？"

"没有。这盏灯大概是设计庭园的师傅，要么是石匠搬来安在这儿的。灯也没什么稀罕。"

这盏基督雕像灯笼，想必是从前禁教时期造的。石头的质地很粗糙，易脆，上面的浮雕人像，经过几百年的风吹雨打，已经毁损残破，只有头脚和身子依稀看出个形影来。恐怕当初的雕工也很简陋。长袖几乎拖到下摆处。双手似乎合十，手腕那里略微凸了出来，辨不出是什么形状。印象之间，与菩萨和地藏王是截然不同的。

这盏基督雕像灯笼，不知从前是为了表示信仰，抑或是用来当作摆饰，标榜异国情调？如今因其古色古香，才搬到千重子家店铺的院子里，摆在那棵老枫树脚下。倘使哪个来客发现了，父亲便说"那是基督像"。至于店里的顾客，难得有人留心大枫树下的旧灯笼。抑或有人注意到，院子里竖上一两盏灯，本是司空见惯的事，谁也不会去看个仔细。

千重子的目光从树上的紫花地丁向下移，看着基督像。千重子上的不是教会学校，但她喜欢英语，常出入教会，读新旧约全书。可是，给这盏灯笼供花点烛，却似乎有点不伦不类。上哪儿都没雕十字架的灯笼。

基督像上面的紫花地丁，令人联想起圣母玛利亚的心。于是，千重子从基督雕像灯笼抬起眼睛，又望着紫花地丁。——蓦地，她想起养在旧丹波①瓷壶里的金钟儿来。

千重子养金钟儿，比她最初发现紫花地丁在老树上含苞吐蕊要晚得多，也就这四五年的事。在一个高中同学家的客厅里，

①　旧地名，现大部分属于京都，出产瓷器。

她听见金钟儿叫个不停，便讨了几只回来。

"养在壶里，多可怜呀！"千重子说。可是那位同学却说，总比养在笼子里白白死掉强。据说有些寺庙养了好多，还专门出售金钟儿的子。看来有不少同好者呢。

千重子养的金钟儿如今也多起来了，一共养了两只旧丹波壶。每年不迟不早，准在七月初一前后孵出幼虫，八月中开始鸣叫。

只不过它们出生、鸣叫、产卵、死亡，全在又小又暗的壶里。但是壶里可以传种，也许真比养在笼子里只活短暂的一代强。而壶中讨生活，亦别有天地。

千重子也知道，"壶中别有天地"是中国古代的一个故事。说是壶中有琼楼玉宇，珍馐美酒，完全是脱离尘世的化外仙境。是许多神仙传奇中的一个。

然而，金钟儿却并非因为厌弃红尘才住进壶里的。虽然置身壶中，却不知所处何地，就那么苟延残喘下去。

顶叫千重子惊讶的，是要不时往壶里放入新的雄虫，否则同是一个壶里的金钟儿，繁衍的幼虫又弱又小。因为一再近亲相交的缘故。所以，为了避免这情形，一般养金钟儿的人，彼此经常交换雄虫。

眼下正是春天，不是金钟儿引吭的秋天。可是，千重子从紫花地丁今年又在枫树干的洼眼里开花，联想到壶里的金钟儿，倒并不是毫不相干的两件事。

金钟儿是千重子给放进壶里的，而紫花地丁又为什么会长在这样一个局促的地方呢？紫花地丁业已开花，金钟儿想必年来也会繁殖鸣叫的吧？

"难道是自然赐予的生命么……"

千重子将春风拂乱的鬓发掠到耳后。心里一面同紫花地丁和金钟儿相比较："那么我自己呢……"

在这万物勃兴的春光里，瞧着这小小的紫花地丁的，怕也只有千重子了。

听见店里有动静，大概正在开午饭。

千重子应邀要去赏樱花，也该去梳洗打扮一下了。

昨天，水木真一打电话给千重子，邀她上平安神宫去赏樱花。真一有个同学打工，半个月来，天天在神宫门口查票。真一听他说，眼下正是花事最盛的时节。

"好像派人专门守望在那儿似的，这消息最确实不过了。"说着，真一低声笑了起来。真一低低的笑声，声音很美。

"恐怕他会瞧见我们的。"千重子说。

"他是把门的呀。谁都得从把门的跟前过嘛。"真一又笑了两声。"你若觉得这样不合适，咱们就分头进去，到院子里的樱花下碰头好了。那儿的花，即便一个人赏，也看不厌的。"

"那你就一个人去赏花，岂不更好？"

"好固然好，万一今晚下了大雨，花事凋零，我可不敢保。"

"那就看落花的风情罢。"

"雨打泥污的落花，难道还有什么风情可言？这就是你所谓的落花……"

"你真坏！"

"到底谁坏……"

千重子穿了件素净的和服，走出家门。

平安神宫以"时代祭"① 而著称，明治二十八年（一八九五年），为纪念一千多年前桓武天皇奠都京都修建的，所以殿堂不太陈旧。据说大门和前殿是模仿当年平安京②的应天门和太极殿。右有橘林，左有樱花。迁都东京之前的孝明天皇（1846—1866），从一九三八年起，也同历代天皇一起在这里祭祀。在神前举行婚礼的人为数不少。

最美的，莫过于一簇簇红垂樱，装点着神苑。如今真可谓

---

① 时代祭：为纪念桓武天皇奠都京都，自一八九五年平安神宫建成以来，每年十月二十二日举行祭祀活动，在神舆前，游行者身着各时代服饰，展示平安朝至明治年间的风俗变迁。
② 即现在的京都。

"除了此地樱花，无以代表京洛的春天"。

千重子走进神苑的入口，便见樱花满枝，姹紫嫣红，觉得赏心悦目。"啊，今年又看到京都的春天了。"她伫立着凝视樱花。

然而，真一在哪儿等她呢？难道还没来不成？千重子打算找到真一后再看花，便从花丛中走下缓坡。

真一正躺在下面的草地上闭目养神，两手交叉枕在头下。

千重子万没想到，真一会躺在那儿。真讨厌。居然躺着等年轻姑娘。倒不是千重子觉得受了羞辱，或者是真一没有礼貌，而是他那么躺着就不顺眼。在千重子的生活里，难得见到睡着的男人，所以有点看不惯。

在大学校园里，大概真一也常和同学一起在草坪上，或支肘侧卧，或仰天而躺，谈笑风生。他此刻的样子，不过是一种习惯姿势罢了。

真一的身旁，坐着四五个老婆婆，摊开提盒，在谈天说地。想必真一感到她们仁厚和蔼，就坐在一旁，而后才躺了下去。

这么想着，千重子微微笑了，但是面颊上也跟着飞起一片红晕。她不去惊动真一，只一味站在那里。终于，抬脚从真一身旁走开了……千重子确实从未见过男人的睡相。

真一的学生服穿得整整齐齐，头发梳得光光溜溜。长长的睫毛合在一起，看来依然像个少年。可是，千重子正眼也没瞧他一下。

"千重子!"真一叫住她，站了起来。千重子陡然着恼起来。

"睡在那儿，多不雅观！过路人都看着你呢。"

"我没睡呀。我知道你来了。"

"你真坏。"

"我想，要是不喊你，看你怎样。"

"你看见我，还装睡，是么?"

"我心里在想，进来的这位小姐多幸福啊！不觉感到有些悲哀。而且，还有些头痛……"

"我? 我幸福? ……"

"……"

"你头痛么?"

"不，已经不痛了。"

"脸色看着不大好。"

"不，没什么。"

"简直像把宝刀似的。"

真一不大听人说，自己的脸"像把宝刀"。千重子这么说，却还是头一次听到。

每逢别人这么说他，正是一股激情涨满他的胸臆之时。

"放心，宝刀不伤人。而且，这儿又是樱花树下。"真一笑着说。

千重子登上缓坡，往回走到回廊的口上。真一也离开草坪，跟了过来。

"这些花真想全看一遍。"千重子说。

站在回廊西口，望着一簇簇红垂樱，顿时使人感到春意盎然。这才是名副其实的春天呀！连纤细低垂的枝头，也开满了嫣红的重瓣樱花。樱花丛中，与其说是花开树上，看起来倒像枝丫托着繁花朵朵。

"这儿的樱花，我最喜欢这棵树上的。"千重子说着，带真一走到回廊另外一个拐弯处。那儿有棵樱花树，格外显得花繁叶茂。真一也站在一旁，望着那棵樱花。

"仔细看上去，颇有些女性的风韵，"真一说，"纤细低垂的枝丫，以及枝丫上的花朵，那么柔媚又那么丰满……"

重瓣樱花，朵朵都红中带紫。

"我从未想到，樱花竟这么富有女性风度。无论是色调，姿态，抑或是娇艳的风韵。"真一又说了一句。

两人离开这棵花树，向池边走去。窄窄的小径旁，摆着坐榻，上面铺着大红毡子。游客坐在那里喝茶品茗。

"千重子！千重子！"有人喊道。

幽阴的树丛里，有座叫"澄心亭"的茶室。真砂子穿着长袖和服，从里面走出来。

"千重子，来帮个忙吧。我都累死了。我正帮师傅点茶呢。"

"我这一身，只配洗洗茶杯什么的。"千重子说。

"不要紧，洗茶杯也成……反正我端出去。"

"我还有个伴儿呢。"

真砂子这才发现真一，便咬着千重子耳朵问：

"是未婚夫么？"

千重子微微摇了摇头。

"男朋友？"

又摇了摇头。

真一转身走开了。

"那么，你们就一起到茶会上来吧……这会儿正空。"真砂子这么邀请，千重子谢绝了，回头追上真一说：

"是和我一起学茶道的。人很漂亮吧？"

"平平而已。"

"瞧你，不怕人家听见。"

真砂子站在那里目送他们。千重子向她点头致意。

穿出茶室下面的小径，便是池塘。岸边那片菖蒲叶子，绿意迎人，竞相争翠。水面上浮着睡莲的叶子。

池塘的四周，没有樱花。

千重子和真一沿着池塘，向一条林荫小路走去。嫩叶的清香和着湿土的气息，溢满空中。这条林荫路又窄又短。走到尽头，豁然开朗，呈现一片池水，比方才的池塘还大。池边的红垂樱，映在水中，照人眼明。外国游客对着樱花纷纷拍照。

池对岸的树丛里，马醉木开出朴素淡白的小花。——千重子想起了奈良。有不少松树，虽然谈不上古木参天，却婆娑多姿。倘若没有樱花，苍翠的松树也足以使人注目观赏的吧？想必不错。眼下，高洁的青松，澄明的池水，把朵朵的红垂樱衬映得格外妍媚。

真一走在前面，踩着池中的石步。这叫作"渡水"。一块块石步，圆圆的，仿佛是从牌楼柱子上截下来的。有的地方，千重子须略微撩起和服的下摆。真一扭过头来说：

"真想背你过来呢。"

"你背个试试。算我佩服你。"

这些石步，连老太婆都能渡得过的。

石步旁边，也漂浮着睡莲的叶子。快到对岸时，石旁的水面上映着小松树的倒影。

"这些石步，排列的形状，很有点像抽象派。"真一说。

"日本的庭园，不是全有点像抽象派么？醍醐寺院的杉形藓，大家也都说什么抽象抽象的，听着叫人反感……"

"诚然，那里的杉形藓，的确很抽象。醍醐寺里的五重塔，已经修缮完毕，就要举行竣工典礼了。去看看好吗？"

"那五重塔，也会跟新金阁寺①一样么？"

"想必也会焕然一新，庄严堂皇吧。尽管塔没烧掉……也是拆掉后，照原样重盖的。竣工典礼正赶上樱花盛开的时候，恐怕会人山人海。"

"要讲赏花，看了这里的红垂樱，别处的就不会再想看了。"

两人说着，走完了最后几块石步。

走完石步，池边是片松林。再走不多远，便上了"桥殿"。"桥殿"也者，实则为桥，因造型像座宫殿，故名曰泰平阁。两侧的桥栏，有如带矮靠背的长凳，游人可以坐在上面休憩，隔池眺望园景，不，应说眺望带池塘的庭园。

坐在桥边的人，吃的吃，喝的喝，也有小孩子在桥心跑来跑去。

"真一，真一，这儿……"千重子先坐了下来，右手给真一

——————

① 即京都北山上的鹿苑寺，寺内有三层的舍利殿一座，柱子和墙壁均饰以金箔，故名金阁。一九五〇年焚毁，后重建。

占了个座位。

"我站着好了,"真一说,"蹲在千重子小姐脚下也行……"

"不理你。"千重子倏地站起,让真一坐下。"我去买些鲤鱼饵来。"

千重子买回鱼饵,撒到池里,鲤鱼一群群聚拢来,有的跳出水面。涟漪一圈圈漾了开来。松阴樱影,摇曳流荡。

剩下的鱼饵,千重子问真一:"给你吧?"真一默不作声。

"头还痛么?"

"不痛。"

两人在桥上坐了很久。真一脸色发青,兀自凝睇望着水面。

"想什么呢?"千重子问。

"哦,想什么?有时会什么都不想,却觉得挺幸福!"

"在这樱花烂漫的春日……"

"不,在幸福的小姐身旁……或许也沾到点幸福?那么温婉可人而又富有朝气。"

"你说我幸福?……"千重子反问了一句,眼里忽然蒙上一层忧郁的阴影。她低垂着头,池水仿佛映上她的眼帘。

千重子站了起来。

"桥对面有棵樱花,我最喜欢。"

"这里也看得见,是那棵吧?"

那株红垂樱，极其俏丽。尽人皆知，是棵名花。花枝有如弱柳低垂，疏密有致。走在花下，轻风微拂，花瓣飘落在千重子的肩上，脚下。

树下也有点点落花，间或也散在水面上。不过，算来怕只有七八朵的样子……

有的垂枝虽撑以竹竿，但树梢纤纤，仍一味下垂，几乎拂到地面。

繁花如锦，透过隙缝，隔池犹可望见东岸树丛之上嫩叶覆盖的一发青山。

"是东山的余脉吧？"真一问。

"是大文字山。"千重子答。

"哦，是大文字山？怎么看着那么高？"

"恐怕是站在花丛里看的缘故。"然而，千重子自己也是在花树丛中的。

两人都有些流连难舍。

那棵樱花四周的地面上，铺满了白色的粗砂。右边，松林高耸，在这座园子里可谓挺拔优雅，接着便是神苑的出口。

走出应天门，千重子说：

"我想去清水寺看看。"

"清水寺？"真一脸上的表情，仿佛是说，去这么个不足道哉的地方。

"我想从清水寺那儿看看京城的黄昏。还想看看西山上落日的霞空。"听千重子一再这么说,真一便也点头同意。

"好,那就去吧。"

"走着去好吗?"

路相当远。他们避开电车路,绕道南禅寺,出知恩院后门,穿过圆山公园,踏上一条羊肠古道,便来到清水寺前面。这时已是春日向晚,暮霭沉沉了。

清水寺的舞台上,游人只剩三四个女学生,她们的面容已经看不甚真切了。

这正是千重子最喜欢的时刻。漆黑的正殿里已点上明灯。千重子停也不停,径直走过正殿的舞台,从阿弥陀佛殿前面走进里院。

里院也有座"舞台",是筑在悬崖峭壁上的。屋顶葺以桧树皮,檐角轻飏,舞台小巧玲珑。但这舞台是面西而坐的,朝着京城,对着西山。

市里已经灯火点点,夜色微茫。

千重子靠着舞台的栏杆,仰望西天,仿佛忘了同来的真一。真一走到她身旁。

"真一,我是个弃儿。"千重子突兀地说。

"弃儿?"

"嗯，弃儿。"

这"弃儿"二字，难道是别有用意? 真一颇感迷惑不解。

"弃儿?"真一喃喃地说，"你怎么胡思乱想自己是个弃儿! 你算弃儿，那我更是弃儿了，那种精神上的……也许人人都是弃儿。一个人降生到世上，就像是被上帝抛到人间一样。"

真一望着千重子的侧脸，隐隐约约好像染上一层暮色似的。也许是春宵恼人，她才凄然不乐?

"正因为是上帝之子，所以抛弃在前，拯救在后……"

真一的话，千重子似乎没有听进去，只管俯瞰灯光璨然的京城，对他看都不看一眼。

看到千重子这种莫名的悲哀，真一不觉抬起手来，往她肩上放去。千重子把身子一闪，说道：

"别碰我这个弃儿。"

"明明是上帝之子，却说是弃儿……"真一的声音提高了一点说。

"别说得那么玄……我才不是什么上帝的弃儿，实在是为人间的父母所遗弃的孩子。"

"……"

"是个扔在铺子外面格子门前的弃儿。"

"你胡说什么呀!"

"是真的。虽说这事告诉你也没用……"

"……"

"从清水寺这儿,望着暮色中广漠的京城,我心里想,自己果真是出生在京城的么?"

"看你说的。简直是发神经……"

"我干吗要瞎说呢?"

"你难道不是批发商的掌上明珠么?独生女就爱想入非非。"

"当然,他们疼我。如今弃儿不弃儿也没什么要紧,可是……"

"你说是弃儿,有什么根据么?"

"根据?铺子外的格子门就是根据。古老的格子门,知道得最清楚。"千重子的声音愈发清朗悦耳,"记得上中学时,母亲把我叫去,告诉我说:'千重子,你不是我亲生的。我看到一个可爱的婴儿,就抱了乘上车,一溜烟逃回了家。不过,在什么地方偷抱的,父亲和母亲有时不留神,说法互有出入。一个说在祇园①的夜樱下,一个说在鸭川边上……要是照实说,我是给扔在店门前的弃儿,他们准是觉得我太可怜,才这么说的……"

---

① 祇园为京都八坂神社的旧名,也指附近一带地名。

“哦，那你不知道生身父母是谁么?”

“现在的父母很疼我，我也就无意再去打听了。也许他们早已成为仇野墓场里的孤魂野鬼了。石冢已经陈旧不堪……”

春日的溶溶暮色，宛如一片淡红的云霞，从西山一路笼罩过去，遮蔽京都的半边天空。

真一简直难以置信，千重子会是一个弃儿，更不消说是偷来的孩子。她家在古老的批发商大街上，到附近一打听就能知道。当然，眼下真一还没打算要去查个明白。他感到迷惘，并想知道的是，千重子为什么要在此时此地告诉他这些话。

难道说，约他真一到清水寺来，就是为了说这事的? 千重子的声音更加清越明澈了。语调优美，透出刚毅的韵味。看来并非是向真一诉苦。

千重子隐隐约约知道，真一在爱她。莫非千重子的告白，是为了叫所爱的人知道自己的身世不成? 真一听着又不像。不如说，正相反，言外之意是她压根儿就拒绝他的爱。然而，即便“弃儿”一说是千重子编造的也罢……

真一心里寻思，在平安神宫里，他几次说千重子“幸福”，千重子的话要是用来反驳他的，那就好了。真一想试探一下。

“你知道自己的身世以后，感到失望没有? 伤心了么?”

"不，一点都不失望，也没伤心。"

"……"

"只是我提出要上大学的时候，父亲说，一个要继承家业的女孩儿，上什么大学！反倒误事。还不如好好学做生意实惠。当时听了父亲这话，我才有些……"

"是前年的事吧？"

"是啊。"

"你对父母总百依百顺吗？"

"嗯，百依百顺。"

"婚姻大事也如此？"

"嗯，目前还是这么打算。"千重子毫不犹豫地答道。

"难道就不考虑你自己，不考虑个人的感情么？"真一问。

"考虑得简直过分，为此都苦恼不堪。"

"你想压制自己，扼杀自己的感情么？"

"不，没的话。"

"你尽说谜一样的话。"真一轻轻一笑，声音有些颤抖。他把身子探出栏外，想窥探千重子的脸色。"我要看看这个谜一样的弃儿的尊容。"

"恐怕太暗了。"千重子这才把脸转向真一，目光闪闪。

"怪吓人的……"千重子抬眼望着正殿的屋顶，上面的桧树皮茸得厚厚的，显得又重又暗，逼仄过来，阴森可怖。

尼姑庵与格子门

千重子的父亲佐田太吉郎，三四天前来到嵯峨①，躲进一座尼姑庵里。

庵主已经六十五岁开外。这座小尼姑庵，虽然地处古都，又是名胜，但是庵门隐没在竹林深处，几乎无人观光，如今颇为萧条冷清。厢房里难得举行什么茶会，也称不上是有名的茶室。庵主常常外出传授插花之道。

佐田太吉郎在尼姑庵租了一间屋子，他这一向的境遇，恐怕也跟这座尼姑庵相似。

佐田好歹开了一爿绸缎批发店，坐落在京都的市中心。周围的店家大抵都成了股份公司，佐田的铺子形式上也是股份公司。不用说，太吉郎是老板，一应业务都托付掌柜（现时叫专务董事或常务董事）。店里还保留不少从前老店的规矩。

太吉郎年轻时就有一种名人派头，性情落落寡合。至于把自己染织的作品拿去举办个人展览什么的，他丝毫没有这类野

---

① 京都市西北角的名胜地，隔大堰川与岚山相对，有清凉寺、天龙寺、大觉寺等著名古刹。

心。即使展出，对时尚来说恐怕也过于新奇，难以售脱。

上代的太吉兵卫并不干预，由着太吉郎自己画去。要画趋附潮流的图案，店内有的是图案设计师，店外也不乏各类画家。可是，太吉郎没有多少天赋，设计也没有多大长进，只好借助麻药的药劲，在友禅绸上画些怪诞的花鸟图案。等到发现他这样我行我素的时候，家人才赶紧把他送进医院。

太吉郎这一代当令之后，他设计的花样已经没什么稀罕的了。于是，他感到悲哀，独自躲进嵯峨的尼姑庵里，同时也为了能获得设计方面的灵感。

战后①，和服的花样有显著变化。他想，当年靠麻药的药劲画出的花样，如今再拿出来，说不定既新鲜又抽象。然而，太吉郎已是年过半百的人了。

"干脆采用古典图案，也许行得通?"太吉郎有时自言自语地说，眼前不禁浮现出以往各种款式的精品。古代衣料和旧时和服的花样与色调，全在他的脑海里。当然，太吉郎有时也到有名的园林和山野去写生，以设计和服图案。

中午时分，女儿千重子来了。

"爸爸，您尝尝森嘉老店的烫豆腐吧。我给您买来了。"

---

① 指第二次世界大战之后。

"唔，好极了……有森嘉的烫豆腐可吃，当然高兴，可是千重子来了，我更高兴。索性待到傍晚再回去吧，让爸爸脑子也休息休息。说不定倒能想出好的图案来……"

当绸缎批发商本无须设计图案，再说，这样也耽误做生意。

可是，太吉郎的店里，面向竖着基督雕像灯笼的院子，靠近客厅的后窗下，摆了一张桌子，有时太吉郎一坐就是半天。桌子后面，两只古色古香的桐木衣柜里，放着中国和日本的古代衣料；衣柜旁边的书箱里，塞满了各国的纺织品图录。

后院的厢房当仓库用，二楼上存放相当多的能乐①戏装和武士家妇女穿的礼服，保管得还很完好。南洋各国的印花布也不在少数。

有些衣料是太吉郎的父亲，甚至祖父收集来的，要是举办什么古代衣料展览，别人要太吉郎参展的话，他会毫不客气地拒绝说：

"先祖立下的规矩，舍下的藏品概不出门。"话说得很生硬。

房子是京都那种老格局，去厕所要经过太吉郎桌旁那条狭窄的走廊。他尽管皱皱眉头，也终于不说什么。一旦店堂那边

① 日本的一种古典戏剧。

人声嘈杂，他马上厉声喝道：

"不能静一点吗？"

于是掌柜进来，两手扶着席子说：

"是大阪来的客人。"

"他不买算了，批发店有的是嘛。"

"是从前的老主顾……"

"买衣料得凭眼力。光用嘴巴，岂不等于没长眼睛吗？行家一看就知道好坏。虽然咱们柜上便宜货很多。"

"是。"

太吉郎从桌下到坐垫下，铺着一条有点来历的外国毛毯。四周挂满南洋各国名贵的印花布幔帐。这还是千重子想的主意。挂上幔帐，多少可以挡一下铺子里嘈杂的声音。千重子常常换挂幔帐，每当更换之时，父亲心里深感女儿的体贴，同时解释说，这帐子是爪哇的咧，波斯的咧，某朝某代的咧，什么图案咧，等等。说得很详尽，可是有时千重子听了不甚了了。

"用来做手提袋，太可惜；做点茶用的小绸巾，又太大了。要是做腰带，倒可以裁成好几条。"有一次千重子打量着幔帐说。

"去拿把剪刀来。"太吉郎说。

父亲果然手巧，竟将印花布幔帐剪成了几幅。

"来，给你做腰带，不错吧？"

千重子一怔，眼睛都湿润了。

"爸爸，这是怎么说的！"

"很好，很好。千重子要是系上这条腰带，爸爸也许能想出个新图样来。"

千重子到嵯峨的尼姑庵来，系的就是这条腰带。

不用说，女儿系着这条印花布腰带，太吉郎一眼就看见了，却装作视而不见。父亲寻思，就印花布的图案来说，一朵朵大花很漂亮，颜色也浓淡有致。但给豆蔻年华的女儿做腰带用，究竟好不好呢？

千重子把半月形的食盒放在父亲面前说：

"这就吃么？那您等等，我先把烫豆腐预备好。"

"……"

千重子趁站起来的当口，回头瞥了一眼门外的竹林。

"已是竹叶枯黄的三月天了。"父亲说，"土墙也倒的倒塌的塌，光秃秃的，就跟我这个人似的。"

千重子听惯父亲这种说道，也不去安慰他，只是重复了一句："竹叶枯黄的三月天……"

"来的路上樱花怎么样了？"父亲轻声问道。

"也落英缤纷了，有的花瓣飘在池子里。山上的绿树中间，还有一两棵没有凋谢，一路上走来，远看反而更美。"

"嗯。"

千重子走进里屋，太吉郎听见她切葱削木鱼。一会儿端着煮豆腐的家什"樽源"进来。——都是从家里带来的餐具。

她悉心伺候着。

"你也来尝尝，怎么样？"

"嗯，好的……"千重子答应着。

父亲打量着女儿，从肩头看到身上，说道：

"太素了。你尽穿我设计的和服了。也许只有千重子一个人才肯穿，穿这些店里卖不掉的东西……"

"我喜欢，您就让我穿好了。"

"实在太素了。"

"素倒是素……"

"年轻姑娘穿素点倒也不坏。"父亲的口气忽然严正起来。

"看见我这么穿，人家都夸说好看呢。"

父亲默不作声。

设计图案，现在成了太吉郎的兴趣和爱好之所在。尽管是批发店，现在也搞些零售，太吉郎画的花样，掌柜还是看老板的面子，才印上两三块。其中一块，一向是千重子自动做来穿的。料子倒很考究。

"不要尽穿我设计的，"太吉郎说，"也别尽穿店里的……不必顾这个情面。"

"情面?"千重子一怔，"我可不是为了顾什么情面。"

"千重子要是穿着漂亮起来，那准是有了意中人了。"父亲高声笑道，脸上却没什么表情。

千重子侍候父亲吃烫豆腐时，自然会看见父亲的大桌子。桌上，供印染用的画稿之类一件都没有。

桌子的一角，只摆着江户①产的描金文房四宝盒，和二本高野帖临摹本。

千重子寻思，父亲住到尼姑庵里来，难道是为了忘记店里的生意么?

"我算是活到老学到老了。"太吉郎自我解嘲般地说道，"不过，藤原体的假名②，线条流利，用于画花样并非无益。"

"……"

"说来可叹，手开始发抖了。"

"要是写大一点呢?"

"是写得挺大的……"

---

① 东京的旧名。
② 日文字母称为假名。

"文具盒上的那串旧念珠,是哪儿来的?"

"哦,那个么?我无意中和庵主提了一句,便送给我了。"

"爸爸戴上可以拜佛了。"

"用现在的话来说,可算是 mascot① 了,有时真恨不得把珠子放嘴里咬碎。"

"哟,那多脏呀。长年的手垢,还不脏吗?"

"脏什么!传了两三代尼姑,一片虔诚,哪里会脏。"

千重子觉得触到了父亲的隐痛,便默不作声,低头收拾吃烫豆腐的家什,搬到厨房去。

"庵主呢?"千重子从里屋出来问。

"已经回来了吧。你打算做什么呢?"

"想去嵯峨走走。这个季节,岚山人太多。我喜欢野野宫,二尊院的幽径,还有仇野②这些地方。"

"你年纪轻轻,就喜欢这等地方,日后真叫人不放心。千万别像我似的。"

"女人跟男人能一样么?"

---

① 英文:吉祥物,如意儿。

② 野野宫,在嵯峨,为日本中古时期,未婚的内亲王或皇族女子斋戒期间寄寓的宫殿;二尊院位于京都右京区,为一所天台宗寺院;仇野为爱宕山下的墓地,在嵯峨深处。

父亲站在廊檐下，目送千重子出去。

不久，老尼姑回来了，随即动手打扫院子。

太吉郎坐在桌前，脑海里浮现出宗达和光琳①两位画家画的蕨菜和春天的花草，心里想着刚走的千重子。

一走上乡间小路，父亲遁迹的尼姑庵便完全给遮蔽在竹林里了。

千重子打算去仇野的念佛寺，便登上古旧的石头台阶，一口气走到左面悬崖上的那两尊石佛前。听到上面人声嘈杂，她便收住脚步。

几百座倾圮的石冢，通称无缘佛②。这一向，常举行摄影会之类，让一些遍体轻罗薄纱、奇装异服的女人，站在这些低矮的石冢之间拍照。想必今天又在弄这些名堂？

千重子便在石佛这里转身下了石级，想起方才父亲的一席话。

即使为了规避岚山的春游客，跑到仇野和野野宫这种地方来，的确也不像年轻姑娘的做法。这比穿父亲设计的素色和服

---

①　宗达（生年不详）为日本江户（1600—1867）初期的画家；光琳（1658—1716）为江户中期的画家。
②　死后无人祭祀的荒冢。

更加过分……

"爸爸在尼姑庵里似乎什么也没做。"千重子心里感到一阵凄凉，"他嘴里咬着有手垢的旧念珠，心里在想什么呢？"

千重子知道，父亲有时恨不得把念珠咬碎的心情，以前在店里是强压着的。

"还不如咬自己的手指呢……"千重子喃喃说道，摇了摇头。想把心思转到和母亲一起到念佛寺撞钟的往事。

那口钟是新铸的。母亲身材矮小，怎么撞也不大响。

"妈，您先吸口气。"说着千重子把手掌和母亲的合起来，一起敲钟，钟声轰鸣。

"真的。能响多久呢？"母亲高兴地说。

"您瞧，和尚敲惯了，同他们不一样吧？"千重子笑着说。

千重子心里一面想着这些往事，一面从小路朝野野宫方向走去。这条小路，不久前竖了块牌子，上写："通向竹林深处"。原先颇为幽阴僻静，现在也豁亮起来了。宫门前的小卖店里，人声喧哗。

但是，野野宫依旧不改其简朴幽静。《源氏物语》一书里也写到，官居伊势神宫①的斋宫内亲王，以清净无垢之身，在此斋

———————

　① 位于三重县伊势市，为皇室的宗庙。

戒三年，所以，这儿是神宫古迹。牌楼是用带树皮的黑木做的，篱笆低矮，野野宫即以此而知名。

从野野宫往前走，出了荒村野径，地势豁然平阔，便到了岚山一带。在渡月桥前，松荫夹岸，千重子乘上公共汽车。"爸爸的事，回去怎么说好呢……虽然妈心里透亮……"

明治维新前，京都市中心的市房，在一七八八年和一八六四年那两次大火中，给烧掉了许多。太吉郎家的店房也未能幸免。

所以，尽管这一带的店铺还保留格子门和二楼小木格窗这些京都古风，实际上都还不到一百年。——太吉郎家后面的仓库，据说未遭大火……

太吉郎家的铺面，格局至今原封未动，没去赶时髦，这或许同主人的人品有关，但也可能因为批发生意不大兴隆的缘故。

千重子回来，打开格子门，里面便一览无余。

母亲繁子正坐在父亲一向坐的那张书桌前抽烟。左手支颔，微弯着背，仿佛在看书写字，可是桌子上什么也没有。

"我回来了。"千重子走到母亲身旁说。

"噢，你回来了。累了吧？"母亲瞿然一惊，回思过来，说道，"你爸他好吗？"

"嗯。"

千重子在回答之前先说道：

“我给他买了豆腐。”

“是森嘉的么？你爸该高兴了吧？做烫豆腐了？”

千重子点了点头。

“岚山怎么样？”母亲问。

“人多极了……”

“没叫你爸陪你去岚山么？”

“没有。那会儿庵主不在家……”

隔了一会儿，千重子才回答说：

“爸爸好像在练毛笔字。”

“练字？”母亲并未显得意外。“练字可以涵养身心，我也想练呢。”

千重子望着母亲白皙端正的面孔，看不出她内心有什么波动。

“千重子。”母亲平静地叫她，“千重子，你要是不愿继承这份家业也成……”

“……”

“想嫁人就嫁人。”

“……”

“你听见没有？”

“您干吗说这些呀？”

"三言两语也说不清，反正妈也过五十了，想到了，便跟你说说。"

"咱们要是把铺子索性关了呢?"千重子俊美的眼睛噙满了泪水。

"你一下子想到哪儿去了……"母亲微微一笑。

"千重子，你说把生意歇了，心里真这么想吗?"

声调不高，母亲庄容问道。——千重子刚才看到母亲微微一笑，难道看错了?

"真是这么想的。"千重子回答，心中觉得一阵悲酸。

"又没生气，别那么哭丧着脸。你说这话的年轻人，和我听这话的上年岁的人，两人之间，真不知究竟谁该伤心。"

"妈，您原谅我吧。"

"什么原谅不原谅的……"这回母亲真的微笑了，"妈方才和你说的，也不大合适……"

"我懵懵懂懂的，自己也不知说了些什么。"

"做人——女人也一样，说话不能见风转舵。"

"妈。"

"在嵯峨跟你爸也说这些了么?"

"没有，跟爸爸什么都没说……"

“是么？跟你爸可以说说。你就跟他说吧……他一个男人家，听了面子上要发火，可心里准高兴。”母亲支着前额又说，“我坐在你爸这张桌子跟前，就是在想他的事来着。”

“妈，那您全知道？”

“什么？”

母女两人默然有顷，千重子忍不住问：

“该准备晚饭了，我到锦家菜场去看看，买些菜吧？”

“那敢情好，你就去一趟吧。”

千重子站起身，朝店堂走去，下了地。这块泥地，本来又细又长，直通到里面。朝店堂的一面墙边，安了几个黝黑的炉灶，那儿是厨房。

这些炉灶如今已经不用了。都改装成煤气灶，地上铺了地板。倘若像原先那样的灰泥地，四处通风，到了十冬腊月，京都的严寒，也是砭人肌骨，令人难耐的。

不过，炉灶一般都没拆毁。很多人家还都留着。大概是因为信奉司火的灶王爷的人，相当普遍。炉灶的后面，供着镇火的神符，摆着七福神之一——大肚子布袋神。每年二月的头一个午日，去伏见的稻荷神社逛庙会时，总要请回一尊布袋神，直到请回七尊为止。逢到家有丧事，便又从第一尊起，重新再请全。

　　千重子家的店里七尊都供上了。因为全家只有父母和女儿三口人，最近十年八年里又没有死过人。

　　这排灶神的旁边，放着一只白瓷花瓶，隔上两三天，母亲便换一次水，把佛龛擦得干干净净。

　　千重子提着菜篮刚出门，前后只差一步路的工夫，见一个年轻男子走进自家的格子门。

　　"银行里来的人。"

　　对方似乎没看到千重子。

　　千重子觉得，这个年轻的银行职员常来，不必那么担心。但是，她的脚步却颇为沉重。她挨着店前的木格子，一边走，一边用指尖轻轻在木格上一格一格滑过去。

　　走到木格子尽头，千重子回头看了看店铺，再仰起头来望过去。

　　她看见二楼小格子窗前那块旧招牌。招牌上面有个小小的橹子。似乎是老字号的标志，也像是一种装饰。

　　春日和煦，斜阳射在招牌陈旧的金字上，有种凝重之感，显得很凄凉。门外挂的厚布招帘，也已经发白，露出了粗粗的线脚。

　　"唉，即使是平安神宫里的红垂樱，以我这样的心情看去，恐怕也会是落寞萧索的吧。"千重子加快了脚步。

　　锦家菜场照例是熙熙攘攘。

　　回来时，快到店门前，看到卖花女站在那里，千重子先打招呼说：

　　"顺便到我家坐坐吧？"

　　"哦，谢谢您了。小姐，您回来了？真碰巧……"姑娘说，"您上哪儿去了？"

　　"去锦家菜场了。"

　　"那您辛苦了。"

　　"啊，供佛的花……"

　　"哦，每次都承您照顾……拣您中意的挑吧。"

　　说是花，其实是杨桐。说是杨桐，不过是嫩叶。

　　每逢初一十五，卖花女总送些花来。

　　"今儿个小姐在，真是太好了。"卖花女说。

　　千重子挑有绿叶的嫩枝，感到满心欢喜。手上拿着杨桐枝，进门便喊：

　　"妈，我回来了。"千重子的声音听着很开朗。

　　千重子又把格子门打开一半，朝街上望了望，见卖花女依旧站在那里，便招呼说：

　　"进来歇会儿再走，喝杯茶。"

"嗳，那可谢谢了。您待人总这么和气……"姑娘点头答道，进了门，递上一束野花，"这点野花，也没什么好看……"

"谢谢，我就喜欢野花，难为你还记得……"千重子打量着山上采来的野花。

走进厨房，灶前有口古井，盖着竹编的盖子。千重子把花束和杨桐枝放在竹盖上。

"我去拿剪刀。对了，杨桐枝的叶子得洗净才行……"

"剪刀我这儿有。"卖花女说着拿剪刀空剪了几下，"府上的灶神总那么干净，我们卖花的可真得谢谢您。"

"是妈妈的习惯……"

"我以为是小姐您……"

"……"

"近来很多人家家里，灶君、花瓶和水井，都积满灰尘，脏得很。卖花的见了，心里总不好受。到了府上，就觉得宽心，挺高兴。"

"……"

然而，最要紧的，是生意日渐萧条，这情况自然不便跟卖花女说。

母亲依然坐在父亲那张桌子前。

千重子把母亲喊到厨房，把买来的菜拿给她看。母亲看女儿从菜篮里一样一样拿出来放好，心里一面思忖，这孩子也变得俭省起来了。也许是因为父亲住到嵯峨的尼姑庵里不在家的缘故……

"我也帮帮你吧。"说着母亲也留在厨房里，"方才来的，是平时那个卖花的么？"

"是呀。"

"你送给爸爸的画册，在嵯峨的尼姑庵里不在？"母亲问。

"这我倒没留意……"

"爸爸只带你送他的那些书走的。"

那全是保罗·格雷①、马蒂斯②、夏加尔③，以及当代的抽象画集。千重子想，这些画也许能唤起新的感受，便给父亲买了来。

"咱们这店，你爸什么都不画也不要紧。外面染织什么，我们就卖什么也行。可你爸他……"母亲说道。

---

①　保罗·格雷（Paul Klee，1879—1940），画家，生于瑞士，画风抽象，具有独特的抒情格调，对抽象派艺术、超现实主义均有影响。

②　马蒂斯（Henri Matisse，1869—1954），法国画家，野兽派的代表人物。

③　马克·夏加尔（Marc Chagall，1887—1985），法籍俄国画家。超现实主义先驱，画风富于幻想，色彩绚丽，具有巴黎画派的特色。代表作有《维杰布斯克风光》《有七个指头的自画像》《巴黎歌剧院天顶画》《节日乡村》等。

“不过，千重子，你尽穿花样全是你爸画的衣裳，妈得谢谢你呐。”母亲接着说。

“谢什么呀……是喜欢才穿的。”

“你爸爸见女儿穿这衣裳，系这腰带，说不定心里会难过。”

“妈，衣裳虽然素一点，但细看之下，就会觉得趣味高雅，还有人夸奖哩……”

千重子想起，这话今天跟父亲也说过。

“女孩子长得俊，有时穿素倒更合适，不过……”母亲揭开锅盖，用筷子翻了翻菜，往下说道：

“那种花哨的时兴花样，也不知怎的，你爸爸他现在竟画不出来了。”

“……”

“不过，从前他画的花样倒挺鲜艳，挺别致的……”

千重子点了点头，然后问：

“妈怎么不穿爸爸画的和服？”

“妈已经上了年纪……”

“上年纪，上年纪，您才多大岁数呀！”

“是上了年纪了……”母亲只说了这么一句。

“那位小宫先生，好像是叫无形文化财产（人才国宝）吧，他画的江户小碎花，年轻人穿着倒挺相称，蛮醒目的。过路人都要回头去瞧瞧。"

"小宫先生本事多大呀，你爸哪能跟人家比。"

"爸爸的精神气质……"

"越说越玄了。"母亲白皙而具有京都风韵的脸为之一动，"不过，千重子，你爸也说过，他要设计一件又鲜艳又华丽的和服，给你结婚时穿……妈早就盼着那一天呢……"

"我的婚事？"

千重子神色有些黯然，沉默了半晌。

"妈，您这一生里，什么事最叫您神魂颠倒？"

"以前也许告诉过你，就是跟你爸结婚的时候还有同他一起把你偷回来那次，当时你还是个可爱的小宝宝。也就是偷了你，乘车逃回家那会儿。虽然已经时隔二十年，可是至今想起来，心里还怦怦直跳。千重子，你摸摸妈的心口看。"

"妈，我是给人家抛弃的孩子吧？"

"不是，不是。"母亲用力摇着头说。

"人一辈子里不免会做上一两件坏事。"母亲接着说道，"偷小囡，比偷钱偷什么都罪孽深重。说不定比杀人还坏。"

"……"

"你的生身父母准会伤心得发疯。一想到这儿，恨不得马上把你送回去。可是，送也送不回去了。即便你想找自己的父母，现在也没法子了……真要那样，说不定我这个母亲会死的。"

"妈，您别说这些了……千重子的母亲，只有您一个，我从小到大，心里一直这么想的……"

"我知道。可是这就越发加重我们的罪孽了……我和你爸两个，早打算好了，准备下地狱。下地狱算什么，怎能抵得上眼前这么可爱的女儿。"

母亲情辞激切，一看已是泪流满面。千重子也泪眼模糊地说：

"妈，告诉我真话。我是弃儿吧？"

"不是，我说过不是嘛……"母亲又摇了摇头，"你为什么总以为自己是弃儿呢？"

"爸和妈两人会偷孩子，我想不通。"

"方才我不是说过么，人一辈子里难免会神魂颠倒，干上一两件坏事的。"

"那您是在哪儿捡到我的？"

"晚上在祇园的樱花下面。"母亲一口气往下说，"原先也许告诉过你。樱花树下的凳子上，躺着一个可爱的小宝宝，看见我们两人走来，便笑得像朵花儿似的。我禁不住抱了起来，心里猛然揪紧，简直受不住了。贴着她的小脸蛋，看了你爸爸一眼。他说，繁子，把这孩子偷走吧。我一愣。他又说，繁子，逃吧，赶紧走。后来就糊里糊涂抱着走了。记得是在卖山药烧鳕鱼的平野居那儿乘的车……"

"……"

"小囡的妈大概刚走开，就趁了这工夫。"

母亲的话未必不合情理。

"这也是命……打那之后，千重子就成了我们的孩子了，说话也有二十个年头了。对你说来，不知算是好事还是坏事。即便是好事，我良心上也过不去，总在恳求你原谅。你爸也准是这样想的。"

"是好事，妈，我认为是好事。"千重子双手捂着眼睛。

捡来的孩子也罢，偷来的孩子也罢，在户籍上千重子的的确确是佐田家的嫡亲女儿。

第一次听到父母告诉她，说她不是他们的亲生女儿，千重子丝毫也不当真。那时千重子正在念中学，甚至怀疑自己有什么地方不讨父母喜欢，他们才故意这么说的。

恐怕是父母担心邻居会把这事传给千重子听，便先说在头里？要不然是看到千重子孝顺懂事的缘故？

千重子当时的确吃了一惊，但并没怎么伤心。即便后来到了青春期，也没有为这事多所烦恼。对太吉郎和繁子，依然孝顺，照旧亲近。这并非她故作洒脱才这样的，或许是天性使然吧。

但是，既然千重子不是他们的亲生女儿，那么，她的生身父母总该在一个地方吧。说不定还有兄弟姐妹。

"倒不是想见他们，说不定……"千重子寻思道，"生活会比这儿苦……"

究竟如何，千重子当然不得而知。倒是身居这格子门后的深宅大院，父母的隐忧反而更让千重子揪心。

在厨房里，千重子捂住眼睛也为的是这个。

"千重子!"母亲扳着女儿的肩头，摇了摇说，"从前的事就别再打听了。人生在世，不知何时何地，说不定会落下一颗珍珠宝贝来。"

"要说珍珠，真是颗大珍珠，要能给妈打个大戒指多好……"说着，千重子又麻利地做起活来。

晚饭后归置好，母女两人上了后楼。

临街有小格子窗的楼上，天花板很低，房间比较简陋，伙计们便睡在那里。中间天井旁边有一条廊子直通后楼，从前面店堂里也可走过去。来的大主顾，多半在后楼设宴款待或留宿。一般的主顾，如今则在朝天井的客厅里洽谈生意。客厅与店堂相连，一直通到里面。客厅里，两侧的架上堆满了绸缎。开间又深又阔，便于摊开衣料仔细打量。屋里常年铺着藤席。

后楼的天花板较高，有两间六张席的房间，作为父母和千重子的起坐间及卧室。千重子坐在镜台前解开头发，把娟秀的长发梳理得齐齐整整的。

"妈!"千重子隔着纸拉门喊母亲，声音里透着复杂的感情。

和服街

京都作为一个大都会，可谓树木青翠，秀色可餐。

且不说修学院离宫和皇宫内的松林、古寺庭园里的树木，即便是木屋街和高濑川畔，以及五条和堀川等地夹岸的垂柳，虽在市内，游人也会立即给吸引住的。那是真正的垂柳。绿枝低垂，几欲拂地，十分娇柔。北山圆陀陀的，连绵起伏，山上的红松也都郁郁葱葱。

尤其眼下时值春天，东山上的嫩叶青翠欲滴。晴空朗日，望得见比睿山上的新叶，绿意油油。

树青叶绿，大概是因为城市清洁，而城市清洁，想必是打扫彻底的缘故。走入祇园深处的小巷，尽管房舍低矮，古旧阴暗，道路却干干净净。

专做和服的西阵那一带也如此。小商店鳞次栉比，看起来很寒酸，路面倒也不脏。门窗上的格子很小，没有什么灰尘。植物园里也是这样，地上没有果皮和纸屑。

美军在植物园盖了房屋，当然不准日本人入内，等军队一撤出，便又恢复了原样。

植物园里有条林荫路，西阵的大友宗助很喜欢。路两旁全是樟树。樟树不大，路也不长，他常在这条路上散步。尤其当樟树抽芽的时节……

"那些樟树不知长得怎么样了?"听着织机的轧轧声，心里有时这么想。占领军未必会砍掉吧?

宗助在盼植物园重新开放的一天。

出了植物园，再到鸭川的堤岸上走走——这是宗助散步时惯走的路。有时也去眺望北山的风光。大抵都是独自一个人去。

到植物园和鸭川走一转，宗助至多用上一个小时。这样的散步真叫他怀念。此刻，他正这么思量着，"佐田先生来电话了，"妻子喊道，"好像是从嵯峨打来的。"

"佐田先生? 从嵯峨打来的?"宗助朝帐房走去。

织锦匠大友宗助和批发商佐田太吉郎两人，——宗助小四五岁，除了生意上的交谊外，彼此性情颇相投合。年轻时，他们就是"老交情"了。可是近来，多少有些疏远。

"我是大友，好久不见了……"宗助接电话说。

"啊，大友先生。"太吉郎的声音少有地透着兴奋。

"你上嵯峨了？"宗助问。

"一个人悄悄躲在嵯峨一座冷清的尼姑庵里。"

"那太令人不解了。"宗助的措辞故示客套，"尼姑庵也有各种各样的呢……"

"哪里，这儿是真正的尼姑庵……只有一个上年纪的庵主……"

"那好哇。只有一个庵主，你就可以和年轻姑娘……"

"别信口雌黄。"太吉郎笑着说，"今天有件事想求你。"

"唔，唔。"

"我马上到府上来，你看方便不方便？"

"方便，方便，"宗助疑惑地说，"我这儿走不开。机器声，想来你电话里也听得见。"

"不错，是机器声。叫人怪想念的。"

"瞧你说的。机器要是停掉，那我怎么办呢。同你到尼姑庵觅静，可大不一样呀。"

不到半小时，佐田太吉郎便乘车到了宗助的店里。目光熠熠，赶紧解开包袱。

"这个想拜托你一下……"说着打开画好的图样。

"唔？"宗助望着太吉郎说，"是腰带呀。这在你，真够新颖华丽的了。哼，是给藏在尼姑庵里的人儿的吧……”

“又来了……”太吉郎笑着说，“是给女儿的。”

“哼，织出来，要不叫令爱大吃一惊才怪。首先，她肯系这条带子么?”

“其实是千重子送了我两三本格雷的大画册。”

“什么格雷格雷的……”

“是个画家，听说是什么抽象派的先驱。都说他的画典雅，格调高，带种梦幻色彩。与我这个日本老人的心境倒很相通。在尼姑庵里，我一再揣摩，结果设想出这么个图案来。恐怕完全脱离了日本古代衣料设计的路子。”

“恐怕是这么回事。”

“不知织出来是什么样子，想麻烦你给织一下。”太吉郎依然兴冲冲地说。

太吉郎的图样，宗助看了一会儿说:

“嗯，不错，色彩也很调和……很好。这么新颖的图案，你还从来没设计过。不过，色调雅致了一点。织起来怕不容易。让我用心织织看吧。也许能表现出令爱的孝心，和为父的慈爱。”

"承你夸奖……近来一谈起来，便是什么 idea① 啦，sense②
的。甚至连色彩都要用西洋流行的叫法。"

"那并不见得高明。"

"我顶讨厌话里夹洋文。我们日本，远从贵族王朝时代起，
谈到色彩，有说不出的优雅。"

"正是，光是黑色一词，就有种种说法……"宗助点头赞同
着说。"虽然如此，今天我还想过，我们腰带纺织业中，也有像
伊豆藏店那样的……盖起四层洋楼，俨然是现代工业了。西阵
这一带迟早也会变成那个样子。一天能织五百条带子之多，不
久连伙计也要参加经营，听说平均年龄才二十几岁。像我们这
种手工业家庭作坊，过个二三十年，还不给淘汰以尽?"

"胡说些什么……"

"即使能苟延残喘，唉，也够不上'国宝'。"

"……"

"像你，还能揣摩格雷什么的。"

"他叫保罗·格雷。我躲在尼姑庵里日思夜想，也有十天半
月了。这带子的花样和颜色，依你看，不大和谐吧?"

"哪里，很和谐。而且，也不乏日本的风雅，"宗助忙说道，

---

① 英文，意为设想。
② 英文，意为感觉等。

"不愧是佐田先生的手笔。就交给我吧,织出一条漂亮的腰带来。尽快做出板样,再好好织。对了,与其我织,是不是叫秀男来织更好?他是我大儿子,你见过吧?"

"见过。"

"秀男的手艺比我强……"宗助说。

"行啊,你看着办吧。我们虽然是批发店,大多是拿到地方上去。"

"看你说的。"

"这条带子不是夏天用的,是秋季用品。希望能早些织好。"

"嗯,这我有数。配这条带子的和服呢?"

"我先只考虑带子……"

"你们是批发店,尽可拣好的挑……反正这好办,不过,你这是不是给令爱置办嫁妆啦?"

"哪里,哪里。"好像说自己似的,太吉郎脸红了。

都说西阵的手工纺织,难得三代相传。因为手工纺织,属于工艺一类。父辈是出色的匠人,手艺高超,未必能传给儿子。即使儿子靠父亲的手艺,既不偷懒,又肯下功夫,也不见得能学到手。

但也有这种情形:孩子到了四五岁,就先叫他学纺线,到

了十一二岁，学织机；不久，便可租机子代客加工。所以，子
女多，反而能帮大人兴家立业。有的上六七十岁的老婆婆，还
能在家纺线。有些人家，祖母和孙女常相对纺线。

　　大友宗助家里，他的老妻便一个人在缠织带用的线。低头
一直坐在那里，沉默寡言，长得比年纪显老。

　　他们有三个儿子，都在高机上织腰带。家里拥有三台高机
算是上好的了，有的人家只有一台，更有租别人的。

　　长子秀男的手艺，正如宗助所说，比老子强，在同行和批
发商中间，还小有名气。

　　"秀男，秀男！"宗助喊了两声，似乎没听见。和机械织机
不同，这三台手工机器是木造的，噪音倒不厉害，而宗助的喊
声又很响，可是，秀男的织机最靠院子，正在织一条难织的夹
腰带，大概太专心了，没有听见父亲的喊声。

　　"老婆子，你叫秀男过来一下。"宗助对妻子说。

　　"嗳。"妻子捭了捭腿，下了地。一边用拳头捶腰，一边朝
秀男的织机走去。

　　秀男停下机杼，望了过来，没有马上站起来。也许是累了，
也许是知道有客人，不便伸胳膊伸懒腰。他擦了擦脸上的汗水，
走了过来。

　　"您来了，这地方很脏。"沉着脸同太吉郎打招呼。工作的

劳累，已经在他脸上和身上显了出来。

"佐田先生画了一幅腰带的花样，让咱们给织一下。"父亲说。

"是吗?"秀男依旧无精打采的样子。

"这条带子可要紧呐，与其我动手，不如你来织更好。"

"是千重子小姐的带子吧?"秀男这才抬起白皙的面孔，看了佐田一眼。

身为京都人，见儿子这么冷淡，父亲宗助不得不打圆场说：

"秀男从一清早干到现在，累了……"

"……"秀男依然没作声。

"要不那么专心，干不好活……"倒是太吉郎来安慰他。

"虽然织的是蹩脚的夹腰带，脑子却还得琢磨着，请原谅。"秀男说着，点了点头。

"没什么。手艺人嘛，不这样不行。"太吉郎点了两下头。

"尽管东西本身不怎么样，人家可认定是我们织的，就更叫人劳心。"说着，秀男又低下头去。

"秀男!"父亲的声音变了，"佐田先生的话，和别人的可不一样。这是佐田先生躲进嵯峨的尼姑庵里，画出来的花样，不是为了卖钱的。"

"是吗？哦，在嵯峨的尼姑庵里……"

"你先看看吧。"

"唔。"

秀男语言之间，气势压人，太吉郎走进大友店的那股劲头，已不复存在。他把花样摊给秀男看。

"……"

"你看行吗？"太吉郎怯生生地问。

"……"秀男默默地看着。

"不行吧？"

"……"

"秀男！"见儿子死不开腔，宗助不得不发话道，"你倒是说话呀！这太没礼貌了。"

"是。"秀男仍没抬起头来，"因为我也是手艺人，所以佐田先生的图案，才叫我看的。这毕竟不比平常的活儿，是千重子小姐的腰带吧？"

"不错。"父亲点头应道，觉得秀男有点反常，感到奇怪。

"是不是不行？"太吉郎又叮问一声，语气有点粗厉起来。

"挺好，"秀男平静地说，"我没说不行。"

"嘴上没说，你心里……你眼睛在说。"

"是吗？"

"什么话!"太吉郎跳起来,打了他一嘴巴。秀男没有躲闪。

"您尽管打好了,我可压根儿没认为图案不好。"

秀男的面颊也许因为挨了打,反显得容光焕发的。

秀男挨打之后,双手扶在席上道歉。也没去摸摸发红的半个脸。

"佐田先生,请您原谅。"

"……"

"虽然惹您生气,这条带子还是让我来织吧。"

"唔?本来就是求你们才来的。"

太吉郎竭力使心情平静下来。"我还得请你原谅。上了年纪,这才真的不成话。打人打得手生痛……"

"把我的手借给您打就好了。织工的手皮厚。"

两人笑了。

但太吉郎心里仍存着一丝芥蒂。

"不记得有多少年没动手打人了……这回,只要你能原谅,就算了。只是我想问,你看见我这条带子的图案时,脸上的表情好不古怪,究竟是什么道理?老实告诉我行吗?"

"哦,"秀男的脸色又一沉,"我年纪太轻,只是个手艺人,说不大清楚。您不是说,这是在嵯峨的尼姑庵里画的么?"

"不错。今天我还得回尼姑庵去。说来刚半个月光景……"

"不要去了，"秀男坚执地说，"您搬回家吧。"

"家里心静不下来。"

"就拿这条带子说吧，华丽，鲜艳，十分新颖。我感到惊奇，心想，佐田先生究竟是怎么画出来的？于是，再仔细一瞧……"

"猛一眼看上去，觉得很精彩，但是缺少内在的和谐，不够柔和，略嫌火暴，带点病态……"

太吉郎脸色发白，嘴唇哆嗦着，说不出话来。

"当然，不论尼姑庵有多荒凉，总不至于有狐狸、黄鼠狼什么的，附在佐田先生身上……"

"唔。"太吉郎把画稿拉到自己跟前，凝神审视着。

"嗯……说得有道理。年纪不大，倒很有见地。谢谢你……我再仔细琢磨琢磨，重画一张试试。"太吉郎连忙卷起画稿，揣进怀里。

"不用重画，这样就很好，织出来效果会不同的。再说画笔和丝线的颜色也……"

"多谢多谢。秀男，这张图样，你难道能织成暖色的，用以表示对我女儿的爱吗？"太吉郎慌慌张张，便告辞走出大门。

门口便是一条小溪，地道的京都式的小溪，岸边的草也古风依然，蘸着水面。溪边的白墙大概是大友家的。

太吉郎在怀里把腰带的画稿揉成一团，掏出来扔进溪水里。

繁子突然接到丈夫从嵯峨打来的电话，要她带女儿去御室①赏花，一时竟不知所措。她从未和丈夫一起去赏过花。

"千重子！千重子！"繁子求救似的叫女儿，"你爸来的电话，快来接一下……"

千重子过来，搂着母亲的肩膀，接过听筒。

"好的，叫妈也来。您就在仁和寺前的茶馆等我们好了。好的，我们尽快赶去……"

千重子放下听筒，看着母亲笑道：

"不就是叫咱们赏花去么，妈，您可真是的。"

"何苦把我也叫去！"

"御室的樱花，这几天开得正盛……"

千重子催促三心二意的母亲，一起走出店门。母亲仍然满腹狐疑。

城里的樱花，数御室的有明樱和八重樱开得迟。算是同京都的樱花最后惜别吧。

---

① 又名仁和寺，在京都市内，为观赏樱花的胜地。

一进仁和寺的山门，左手的樱花林（或叫樱花园），已是花开满枝，把枝条压得弯弯的。

然而，太吉郎却说："哎呀，这可叫人受不了。"

樱花林中的路旁，摆着几张大桌子，饮酒的唱歌的，吵吵嚷嚷，乱成一片。有的乡下老婆子高兴得手舞足蹈，男人们喝得酩酊大醉，鼾声如雷，有的甚至从椅子上滚落到地下。

"太煞风景了。"太吉郎不无惋惜地站在那里。三个人没有朝樱花林走去。说来，御室的樱花，他们早就看得很熟了。

丛林深处，有人在烧游客扔下的垃圾，烟雾升腾。

"咱们找个清静的地方，好吗，繁子？"太吉郎说。

临走的时候，樱花林对面高高的松树下，坐榻旁边有六七个朝鲜妇女，穿着朝鲜衣裙，敲着朝鲜长鼓，正翩翩起舞。倒是她们别具风韵。从绿松丛中望去，还可见山樱一角。

千重子停住脚步，看着朝鲜舞说：

"爸爸，还是地方清静些好，植物园怎么样？"

"哦，也许好些。御室的樱花看上一眼，也就算送走了春光。"

太吉郎一家出了山门，乘上汽车。

植物园在今年四月份，重行开放。京都站前，新辟一条开往植物园去的电车线路，车进车出，往来不断。

"要是植物园的人也多，就到加茂河边走走吧。"太吉郎对繁子说。

汽车行驶在新绿覆盖的城内。比起新建的房屋来，古色古香的老房子屋顶上的嫩叶，就显得更加欣欣向荣。

植物园门前是条林荫路，朝前走去，土地平阔，豁然开朗。左手便是加茂川的堤岸。

繁子把门票塞到腰带里。一无遮蔽的景致，使人心胸为之廓然。住在批发店街，只望得见远山一角，更何况繁子难得走出店门外。

进了植物园，迎面便是喷水池，四周开满了郁金香。

"这儿的景色，跟京都的不一样。到底是美国人，在这儿盖上了房子。"繁子说。

"你瞧，那里面好像就是。"太吉郎附和着说。

走近喷水池，春风微拂，飞沫四溅。喷水池的左面，盖了一座很大的圆顶温室，全部是用钢筋和玻璃造的。三人没有进去，只隔着玻璃看了看里面的热带植物。他们逛了一小会儿。路的右侧，高大的喜马拉雅杉已经抽芽，底下的树枝铺展在地面之上。虽然是针叶树，可是那新芽娇柔嫩绿，叫人无从想象出"针"的样子来。喜马拉雅杉与唐松不同，不是落叶植物，倘若也落叶的话，难道也会像梦幻一般发出新芽么？

"我叫大友家的儿子奚落了一顿。"太吉郎没头没脑地说，"手艺比他老子好，眼光很尖，一直能看到你心里。"

太吉郎自说自话，繁子和千重子不免有点莫名其妙。

"您见到秀男了？"千重子问。

"听说是个很不错的手艺人。"繁子只说了这么一句。平时太吉郎最不喜欢别人问这问那的。

朝喷水池右面走去，走到尽头，又向左拐，像是儿童游乐场。只听见叽叽喳喳的声音，草地上堆了不少小衣物。

太吉郎一家三口顺着树荫向右拐。出乎意外，竟走到郁金香花圃了。花开似锦，千重子简直惊喜得赞叹不已。大朵的鲜花，有红，有黄，有白，还有像黑山茶一样的深紫色，开满了一园。

"嗯，新和服上倒可用郁金香做花样，就是有点俗气……"太吉郎感叹地说。

喜马拉雅杉下部刚抽芽的枝丫，铺展开来，倘若比作孔雀开屏的话，那么，五色斑斓、满目芳菲的郁金香又该作何比较呢？太吉郎凝视着这些花朵。经花色一衬映，天空为之增色，人心为之陶醉。

繁子离开丈夫几步，总靠近女儿。千重子心里好笑，脸上却没露出来。

"妈，白郁金香花圃前那些人，好像在相亲。"千重子低声对母亲说。

"嗯，可不是。"

"妈，别尽瞧着人家。"女儿拉了拉母亲的袖子。

郁金香花圃前有个喷水池，池内养着鲤鱼。

太吉郎从椅上站起身来，走近郁金香花圃，细细观赏。他弯下腰，向花丛看去，然后走回母女两人身旁。

"西洋花虽然艳丽，看两眼也就够了。我看还是竹林那里好。"

繁子和千重子都站了起来。

郁金香花圃是块洼地，周围树木环抱。

"千重子，植物园的格局，像不像西洋庭园?"父亲问女儿道。

"这我也不大清楚，也许有点像。"千重子答道。接着又说，"为照顾妈妈，咱们再待会儿吧?"

太吉郎不得已又在花圃间徜徉，只听有人喊道:

"是佐田先生吧?……果然是佐田先生!"

"啊，大友先生，秀男也来啦?"太吉郎说，"想不到会在这里……”

“是呀，我就更想不到了……”宗助深深鞠了一躬。

“我喜欢这里的樟树林荫道，尽盼着园子能再开放。这些樟树，有五六十个年头了，我们刚从树荫下慢慢踱过来。”宗助又低头致意说，“几日前我儿子真是太失礼了……”

“年轻人嘛，没什么。”

“从嵯峨来的吗？”

“嗯，从嵯峨来的，不过繁子和千重子是从家里……”

宗助这才过去同繁子和千重子寒暄。

“秀男，这些郁金香你觉得怎么样？”太吉郎的问话带点生硬。

“花倒是生意盎然。”秀男唐突地答道。

“生意盎然？嗯，不错，生意盎然。不过，我看得有点发腻。花太密了……”太吉郎说着便转过身去。

花倒是生意盎然。寿命虽短，确实是生意盎然。而且来年还会含苞待放。——正同自然界的万物一样，生机勃勃……

太吉郎觉得仿佛又挨了秀男的讥讽似的。

“我缺乏眼光。衣料上或带子上，我不喜欢画郁金香这类图案，但是，要是一个大画家来画，哪怕画的是郁金香，那幅画恐怕就有了永恒的生命。"太吉郎仍看着一旁说，"古代的衣料，就是如此。没有比这座京城还古老的。它的美，是谁也造不出来的，唯有描摹而已。"

"……"

"就以活着的树而论，也没有比这座京城还古老的，你说是不是？"

"这种议论太深奥，我说不来。每天忙着织布，这类高尚的事，没有想过。"秀男低了低头，"但是，假如说，千重子小姐站在中宫寺和广隆寺的弥勒佛前，真不知小姐有多美呢。"

"千重子要是听见了，该有多高兴。这么比，真是过奖了……可是秀男，我女儿很快就会变老太婆的。你看，人生好比白驹过隙。"太吉郎说。

"正因为如此，我才说郁金香一片生意盎然，"秀男加重语气说，"花期虽短，不是尽其全部生命在怒放吗？现在是正当其时。"

"这倒是的。"太吉郎转向秀男。

"我并不存奢望，妄想织出的腰带子孙后代也会系。现在……我只求织好的腰带，别人能够称心，当上一件东西，系上一年半载。"

"好，有志气。"太吉郎点头说。

“有什么办法。我和龙村先生他们不一样。”

“……”

“我之所以说郁金香花一片生意盎然，也是出于这种心情。眼下虽在盛开，有的恐怕也凋落两三片花瓣了。”

“不错。”

“谈到落花，要数樱花落英缤纷，最有雅趣。郁金香就不知怎么样了。”

“花瓣凋零……”太吉郎说，“不过，郁金香太密了，我有些发腻。颜色也过于艳丽，缺少韵致……人老了。”

“走吧，”秀男催促太吉郎说，“送到店里来的郁金香纸样，没有一株是生意盎然的。看了这里的花，真一醒耳目。”

太吉郎一行五人，从低洼的郁金香花圃走上石梯。

石梯的一侧，栽了一排雾岛种的杜鹃花，与其说是一道篱笆，其实更像条长堤，花苞累累。虽然花期未到，细小茂密的嫩叶，把盛开的郁金香衬映得格外娇艳。

上了石梯，右面一大片是牡丹园和芍药园，还没开花。也许是新种不久，这里的花圃不大为人所知。

东面，比睿山在望。

植物园内，随处都能望见比睿山、东山和北山。芍药园东面是睿山，像是在正面。

"比睿山上也许云霞过于浓重，山显得很低。"宗助对太吉
郎说。

"正因这春天的云霞，才显得春山柔媚……"太吉郎望了半
晌说，"我说大友先生，看着那云霞，你有没有想到春光将逝?"

"是啊。"

"那么浓重，倒叫人……春光将逝矣。"

"可不，"宗助说，"快得很哩。我还没怎么赏过花呢。"

"也没什么稀罕的。"

两人默默走着。过了一会儿，太吉郎开口道：

"大友先生，咱们从你喜欢的那条樟树林荫路往回走吧?"

"哦，那敢情好。只要能在那条林荫路上走走，我就心满意
足了。来的时候，就是打那里过来的……"宗助回头冲着千重
子说，"小姐也随我们一道走走吧。"

樟树林荫路上，左右两侧，枝柯相交。树梢上的新叶，还
很嫩，带点红。没有一丝风，有时却在轻轻摇摆。

五个人几乎谁都没有说话，在树荫下，慢慢走着，各想各
的。秀男方才把奈良和京都最美的佛像同女儿比，说千重子更
胜一筹，这几句话一直萦绕在太吉郎脑际。秀男对千重子，竟
钟情得至于此么?

“可是……”

倘使千重子嫁给秀男，在大友的作坊里，哪儿是她的立足之地呢？难道像秀男娘，终日缠丝绕线不成？

太吉郎回头看了一眼，千重子只顾听秀男说话，不时地点头。

即使结婚，千重子未必非去大友家。把秀男招赘到家里又何尝不可呢。太吉郎心里这么思忖着。

千重子是独养女儿。嫁出去了，母亲繁子该多难过。

而秀男，是大友家的长子。他父亲说，手艺比他还强。不过大友终究还有老二老三。

再说，太记老店，尽管生意清淡，旧章未改，毕竟是京都市中心的批发商，终非只有三台手工织机的作坊可比。没有一个雇工，只靠一家几口亲自劳作，也是明摆着的事。这从秀男娘朝子的身上，简陋的厨房，也能看得出来。秀男尽管是长子，只要能谈妥，不是照样可以做千重子的上门女婿么？

“你们秀男很有志气。”太吉郎向宗助试探道，“年纪轻轻，却很老成持重。这是真话……”

“过奖了。”宗助无心地说，“干活固然肯用心出力，但一到人前，说话只会得罪人……真叫人担忧。”

“那很好嘛。从那次起，我总挨他的呲。”太吉郎乐呵呵地说。

"真得请你多包涵了。他就是那么个脾气。"宗助轻轻点了点头说，"娘老子的话，他要是听不进去，也是理都不理的。"

"那好哇。"太吉郎点头赞同，"今天你怎么只带秀男一个人出来？"

"要是把他弟弟也带来，机器不就该停了么？再说他过于争强好胜，带他出来，在樟树林里走走，或许能陶冶一下性情，变得随和些……"

"这条林荫路真不错。说实话，大友先生，我带繁子和千重子来逛植物园，也是听了秀男的劝告。"

"唔？"宗助狐疑地盯着太吉郎的面孔，"恐怕是想看看令爱吧？"

"哪里哪里。"太吉郎慌忙否认。

宗助回头看去。秀男和千重子稍微落后几步，繁子又落在他们后面。

出了植物园大门，太吉郎向宗助提议：

"就坐我们这辆车回去吧，西阵离这里又近。这中间，我们要到加茂川河堤上走走，然后才用车……"

见宗助还在犹豫，秀男便说：

"那就承情了。"让父亲先上了车。

佐田一家站在路旁望着汽车，宗助在座位上欠一欠身子致意，秀男有没有点头也看不清。

"这孩子，真有意思。"太吉郎不由得想起打秀男耳光的事，忍着笑说，"千重子，你同秀男倒很谈得来。你一个年轻女孩儿，不好应付吧？"

千重子眉眼含着羞地说："是在樟树林荫路上吧？我只是听他讲。也不知他怎么同我说那么多话？那么起劲……"

"啧，还不是因为喜欢你吗？这还不清楚？他说，中宫寺和广隆寺的弥勒，还没你好看呢……我听了也愣住了，这个怪小子，倒挺会说的。"

"……"千重子也吃了一惊，连脖子都红了。

"都说了些什么呢？"父亲问。

"说他们西阵手工机器的命运来着。"

"命运？咦？"

见父亲沉思起来，女儿便回答说：

"命运，这话说来深奥。唉，命运……"

走出植物园，右面是加茂川的河堤，松树夹道。太吉郎走在头里，从松树中间走下河畔。河畔是一长溜草地，绿草如茵。流水拍打着堤堰，水声骤然可闻。

草地上，有坐着吃盒饭的老人，也有双双散步的情侣。

对岸的公路下面，是一处游乐场。隔着稀疏的樱花树影，看得见中间是爱宕山，与西山一脉相连。河上游的北山，仿佛离得很近。这一带是风景区。

"坐一会儿吧？"繁子说。

从北大路桥下望出去，可以望见河畔草地上晾着一幅幅友禅绸①。

"哦，春天了。"繁子朝四周打量了一下说。

"繁子，你看秀男人怎么样？"太吉郎问妻子。

"什么怎么样？"

"做咱们的女婿……"

"什么？怎么忽然提起这事来？"

"人很靠得住。"

"这倒是。可是，也得先问问千重子的意思。"

"先前千重子说过，要听从父母之命嘛。"太吉郎看着千重子，"对吧？千重子。"

"这种事可决不能勉强。"繁子看着千重子说。

千重子低着头，眼前浮现出水木真一的面影。是真一扮成童子的样子。那时，他还小，描着眉，涂着唇，化了妆，一身

① 一种染有花鸟、草木、山水花样的绸子。

王朝时代的装束，乘在祇园会的彩车上。——当然，那时千重子也很小。

北山杉

远自平安王朝①起，在京都恐怕只要提起山，便是指比睿山，讲到祭日，便是指加茂的庙会。

五月十五的葵花祭已经过去了。

一九五六年以后，葵花祭奉行的仪式中，在敕使的行列里，加进斋王②一行。退居斋院之前，先要在加茂川净身，这是复活古老的典仪。斋王要穿十二件和服，乘牛车渡河。前有命妇，身着便服，坐在轿上；后随女官童女，杂以伶人奏乐。不仅装束可观，斋王年纪与女大学生相仿，所以，既风雅又透着华贵。

千重子的同学中，有个姑娘曾被选去扮斋王。千重子和同学们还赶到加茂川河堤上去看热闹。

京都有众多的古庙、神社，大大小小的庙会，几乎无日无

---

① 平安为京都别称。从公元七九四年桓武天皇奠都京都起，至一一八五年镰仓幕府建立止，史书上称平安时代为王朝时代。

② 天皇即位之初，侍奉于三重县伊势神宫或京都茂贺神社的未婚的内亲王或公主，此时称之为斋王。

之。翻翻皇历，五月里就有好几桩。

祭神献茶，开茶会，野外点茶，总有地方会架上茶釜，简直多得转不过来。

今年五月，千重子连葵花祭也没去看。一来因为多雨，二来也许小时候各处都领她去看过的缘故。

花固然喜欢，但看看嫩绿的新叶，千重子也是乐意的。高雄一带枫树的嫩叶自不必说，若王子那里的，她也很喜欢。

人家从宇治寄来一些新茶，千重子沏好后说：

"妈，今年连采茶都忘了去看了。"

"恐怕还在采吧。"母亲说。

"也许。"

那次植物园的樟树刚刚发芽，美如花树，大概在那之后不久，千重子的朋友真砂子打来了电话。

"千重子，去不去高雄看嫩枫叶？"她约千重子说，"比看红叶时人少……"

"时令不晚么？"

"那儿气候比城里冷，我想不会晚。"

"嗯——"千重子沉吟了一下，"当初看过平安神宫的樱花，再去看周山的樱花就好了。可惜压根儿给忘了。那棵古树……看樱花反正过时了，我倒很想去看北山杉，高雄离那儿不是挺近么？看见又直又美的北山杉，我心里觉得格外痛快。顺道再去看杉树好吗？与其看枫叶，我宁愿看北山杉呢。"

既然到了这里，结果千重子和真砂子还是决定到高雄的神护寺、模尾的西明寺、栂尾的高山寺，观赏枫树的绿叶。

神护寺和高山寺都坐落在陡坡上。真砂子倒没什么，已经换了夏装，是一身轻便的西服裙，穿着平跟皮鞋。而千重子穿的是和服，真砂子怕她吃不消，便向她瞟了几眼。可是千重子毫不吃力的样子，竟问道：

"干吗尽看着我呀？"

"真美呀。"

"真美呀。"千重子站住，俯视着清泷川说，"我还以为已经是郁郁葱葱的深绿色了呢。多凉快呀。"

"我方才……"真砂子忍住笑说，"千重子，其实我说的是你呀。"

"……"

"造物怎么生下这么美的人儿呀。"

"别讨嫌。"

"一身淡雅的和服，站在万绿丛中，显得格外俏丽，要是穿着华丽，当然也一样漂亮。"

千重子穿了一件绛紫色的和服。腰带是父亲毫不可惜剪下来的那条印花布。

千重子上了石头台阶。想起神护寺里有平重盛①和源赖朝②的画像。安德烈·马尔罗③认为可列为世界名画。平重盛那幅，面颊上隐约留下一点红。正想到这里，真砂子便跟她说起这话来。同样的话，真砂子以前也告诉过她几次。

在高山寺，千重子喜欢站在石水院宽阔的廊下，眺望对面的山色，也喜欢高山寺的开山祖师明惠上人在树上坐禅的那幅画。壁龛的侧面挂着轴画《鸟兽嬉戏图》的复制品。两人在廊下还受到清茶款待。

高山寺再往里，真砂子就没进去过。一般游客大抵到此为止。

千重子想起那次随父亲上周山赏花，采了许多又粗又长的笔头菜回家。后来每次到高雄，哪怕一个人也要顺路去一下遍植北山杉的村里——现在，那儿已经划为市区，街名叫北区中川北山町，大约有一百二三十户人家，其实叫作村倒更恰当。

"我走路走惯了，咱们走着去吧?"千重子说，"路又这

———————

① 平重盛（1138—1179），平安朝末期的武将。

② 源赖朝（1147—1199），为镰仓幕府（1192—1333）的第一代将军，武士政权的创始人。

③ 安德烈·马尔罗（1901—1976），法国现代著名作家、艺术评论家。

么好。"

　　清泷川边，山势陡峭逼仄。不一会儿，美丽的杉林便已在望。杉树挺拔而齐整，一看便知是经过人工精心修剪的。北山圆杉木，是名贵木材，只有这个村子才出产。

　　也许是到了三点钟休息的时刻，再不然就是割草回来，一群女人从杉山上走下来。

　　真砂子呆呆地站着，一动不动，盯住其中一个姑娘。

　　"千重子，那个人真像你。简直跟你一模一样。"

　　姑娘穿了件藏青碎白花的窄袖上衣，系着吊袖带子，下面是扎脚裤，围着围裙，手背上戴着护背套，头上包着手巾。围裙一直围到后腰，两边开衩；只有吊袖带子和扎脚裤下面露出的细带子是红颜色。装束与别的姑娘一般无异。

　　这些女孩子的打扮，和卖柴女或卖花女大致一样，只不过不是进城卖东西，而是在山里干活罢了。大概也是日本妇女在田里和山间劳动时的穿着。

　　"真像。你不觉得奇怪么？千重子，你仔细瞧瞧。"真砂子唠唠叨叨的。

　　"是么？"千重子没怎么看，"你太冒失了。"

　　"不管我多冒失，可她人长得那么美……"

"美是美，不过……"

"就像是你的私生女一样。"

"你瞧，你多冒失呀!"

经千重子一说，真砂子自觉失言，说话太离谱，忙掩住笑声说：

"虽然人和人有长得像的，可你们俩简直像得吓人。"

那姑娘同女伴们，对千重子她们两人，几乎没留意，便走了过去。

她头上的手巾包得很严。前面的头发略能看到一些，可是脸庞给遮去了一半。哪能像真砂子说的，看得那么清楚，何况又不能对着脸看。

再说，这村子千重子来过几趟，看见男人家先把树皮剥个大概，再由妇女细心刮净；也看过她们用水或是热水，和上菩提瀑布的沙子，磨圆杉木的情景。她对这些姑娘的面孔，模模糊糊都有个印象。因为这项加工活全在道旁或屋外做。小小的山村，未必有那么多的姑娘。当然也不可能把每个姑娘的面孔一一看得那么仔细。

真砂子只顾望着那群姑娘的后影，稍微平静一些。

"多怪呀。"又说了一句，还侧着头重又端详了一会千重子的面孔。

“真的很像。”

“哪儿像？”千重子问。

“怎么说呢，也许是我的感觉？很难说究竟哪儿像。眉眼，鼻子……城里的小姐和山里的姑娘当然不能相提并论，你可别介意。”

“这有什么……”

“千重子，咱们跟着那姑娘，去她家看看好不好？”真砂子犹自恋恋不舍地说。

跟踪追迹，跑到那姑娘家去看个究竟，不论真砂子性情多么爽朗，毕竟也是说说而已。不过，千重子放慢了脚步，走走停停，要么抬头望着山上的杉树，要么看看堆在家家门口的圆杉木。

白白的圆杉木，粗细一样，磨得光光溜溜，很好看。

“像工艺品吧？”千重子说，“盖茶室似乎也用这种木材。甚至还行销到东京和九州那边……”

圆杉木在屋檐下整整齐齐，竖成一排。二楼上也竖了一排。有人家在二楼竖的圆杉木前晾着衣服，真砂子看了觉得很稀罕，便说：

“那家人竟住在木头堆里了。”

　　"你真是个冒失鬼呀，真砂子……" 千重子笑着说，"挨着圆杉木旁边不就是座很像样的房子么?"

　　"噢，二楼上是晾的衣服……"

　　"说那姑娘像我，也是你这张嘴巴。"

　　"那是两码事。" 真砂子一本正经地说，"说她像你，你竟那么不自在?"

　　"一点也不……" 千重子说着，眼前倏然现出姑娘的眼睛。在她勤劳健美的身上，那一对漆黑、深邃的眼睛，显得沉郁而忧愁。

　　"这村里的女人家很能干。" 千重子似乎要摆脱什么似的说道。

　　"女人和男人一样干活，有什么稀奇。乡下人么，都这样。卖菜的啦，卖鱼的啦，全如此……" 真砂子轻松地说，"像你这样的千金小姐，才什么都大惊小怪的。"

　　"你才是呢。往后我也要去干活的。"

　　"哼，我可不愿做工。" 真砂子老实承认说。

　　"要说做工，说说容易，我真想叫你看看村里姑娘是怎么干活的。" 千重子又把目光移向山上的杉树，"大概已经开始剪枝了。"

　　"剪枝是怎么回事?"

"要叫树木长好，得把不需要的枝杈拿刀砍掉。有时爬梯子，但大都是像猴子似的，从这棵树悠到另一棵树……"

"那多危险！"

"有的人一清早爬上去，到吃午饭时也不下来……"

真砂子跟着抬头仰望山上的杉树。树干挺拔齐整，美到无可言喻。树梢头上，一簇簇的叶子，仿佛是装饰在上面的工艺品。

山不高，也不太深。杉树齐刷刷挺立在山巅上，几乎株株都看得很分明。这种杉树可以用来盖茶室，所以，林景好像也有一种茶室的风貌。

只有清泷川两岸，山势峭拔，形成一道窄长的峡谷。据说雨量多，日照少，宜于栽培圆杉木这种名材。当然也可以挡风。可是遇到狂风，幼树还不坚挺，有的便弯曲或变了形。

村落里，家家户户依山傍水，排成一行。

千重子和真砂子一直走到小村子的尽头，然后又踅了回来。

有户人家正在磨圆杉木。把浸在水里的杉树拿上来，女人家便用菩提沙细研细磨。沙子是红褐色的，看着就跟黏土差不多，听说是从菩提瀑布那里取来的。

"那种沙子，要是没有了，怎么办？"真砂子问。

"落了雨，会随瀑布冲下来，沉在河底。"一个上年纪的女人回答说。真砂子心想，她倒沉得住气。

正像千重子说的，女人家一个个都手脚不停地忙着。圆杉木有半尺多粗，想必是做柱子用的。

——据说磨好后，洗净，晾干，卷上纸，或裹上稻草，就可以运走了。

就连清泷川畔的河滩地上，有的地方也栽上了杉树。

真砂子望着山上一片片的杉林，和竖在屋檐下一株株的圆杉木，不由得联想起京都旧家洁无纤尘的格子门。

村口正好有个国营公共汽车站，叫菩提道。再往上去，大概就有瀑布了。

两人在那里乘上回城的公共汽车。沉默了半晌，真砂子突兀地说：

"女孩子家要是也能长得像杉树那么挺拔该多好。"

"……"

"只不过我们得不到那样细心的照顾就是了。"

千重子笑着问道：

"真砂子，跟他见面了？"

"嗯，见面了。坐在加茂川边的青草地上……"

"……"

"当时木屋町的凉台上顾客愈来愈多，已经点灯了。不过，我们是背朝着他们，所以凉台上的顾客认不出我们是谁。"

"今晚呢？"

"今晚约的是七点半。又是半明不暗的时分。"

真砂子交际上的这种自由，使千重子不胜艳羡。

千重子一家三口坐在朝天井的后客厅里吃晚饭。

"今儿个岛村先生送来不少竹叶鱼肉饭卷儿，是瓢正老铺的，我只烧了个汤，你将就些吧。"母亲对父亲说。

"是吗？"

父亲最喜欢吃加级鱼做的竹叶饭卷儿。

"关键是掌勺人回来晚了……"母亲在说千重子，"她又去看北山杉了，跟真砂子一起去的……"

"嗯。"

伊万里窑出品的碟子里，盛着竹叶鱼肉饭卷，剥开包成三角形的竹叶，米饭卷上便有一片薄薄的加级鱼片。汤里放了豆腐皮，还加了点香菇。

正像外面的格子门一样，太吉郎的铺子还保留着京式批发老店的旧规矩。不过现在也改成股份公司，掌柜和伙计都称为职员，大抵是早来晚走。只有从近江来的两三个小伙计还住在临街有密格子窗的二楼上。所以，吃晚饭时，后屋很静。

"千重子，你爱上北山杉的村里去，是不?"母亲问，"为什么?"

"那儿的杉树又直又好看，我想，人的心地要能长成那样该多好!"

"那，你不就是那样吗?"母亲说。

"不，我的心又别扭，又乖僻……"

"不错，"父亲插进来说，"不论多么直爽的人，也会有杂七杂八的念头。"

"……"

"那不是挺好吗? 孩子长得像北山杉那样固然可爱，但往往不可得。即便有，说不定什么时候会遇上灾祸不幸。就说树吧，弯也好，曲也好，只要能长成大树就好，我是这么认为……你就看看咱们小院里的那棵老枫树吧。"

"对千重子这样好的孩子，还挑剔些什么!"母亲有些动气了。

"知道，知道。千重子是个正直的姑娘……"

千重子眼睛望着天井，沉默了一会儿说：

"要像那棵枫树一样坚韧，而我……"说着语带悲音，"就如同生在枫树干上坑洼里的紫花地丁那样。哎呀，紫花地丁不知什么时候已经谢了。"

"真的……到明年春天准还开。"母亲说。

千重子低着头，目光停在枫树旁那个基督像石灯上。靠屋里的灯光，那磨蚀损伤的圣像已看不太清，好像在做祷告。

"妈，我到底生在哪儿的?"

母亲跟父亲面面相觑。

"在祇园的樱花树下。"太吉郎言之凿凿。

生在祇园夜晚的樱花树下，岂不像神话传说《竹取物语》里，辉夜公主生在竹节里一样么?

正因为如此，父亲才说得那么肯定。

千重子忽然想开个玩笑，既然生在花下，说不定也会像辉夜公主那样，给接到月宫里去——可是，她嘴上没说出来。

捡来的也罢，偷来的也罢，千重子生在哪里，现在的父母是不会知道的。恐怕连千重子的生身父母在哪里，他们也不知道。

千重子后悔起来，觉得不该问这件事。但是，不道歉似乎更好些。既然如此，为什么会出其不意地发问呢? 她自己也不明白。难道是模模糊糊想起真砂子说的，北山杉村里那个姑娘跟她长得一模一样的缘故?

千重子不知往哪里看好，便把目光停在大枫树的树梢上。

莫非是月亮出来的缘故，抑或是街灯的辉映，夜空才微泛白光。

"夜空的颜色像地道的夏天了。"母亲繁子也抬头望着天空说，"唉，千重子，你就是生在这个家里的。尽管不是我生的，但确实是生在这个家里的。"

"嗯。"千重子应道。

——正像千重子在清水寺告诉真一那样，她不是繁子夫妇晚上从圆山的樱花树下抱来的，而是给扔在店门口的弃儿，是太吉郎把她抱进家的。

那是二十年前的事了，太吉郎那时三十刚出头，也曾荒唐过一阵子。所以，妻子开头不肯相信他的话。

"说得怪好听的……兴许是跟哪个艺伎生的，弄到家里来了。"

"别胡说了！"太吉郎变色道，"你好好看看这孩子穿的衣服。这会是艺伎生的孩子吗？嗯？是艺伎生的孩子吗？"说着把婴儿递给妻子。

妻子接过来，把脸贴在婴儿冰凉的小脸上。

"这孩子，你打算怎么办呢？"

"到里面再慢慢商量。你怎么愣在这里？"

"还是刚生下来的呐。"

因为不知孩子亲生父母是谁，所以不能收为养女。户籍上，写成太吉郎夫妇的嫡亲女儿，取名叫千重子。

俗语说，领来孩子招来弟。可是繁子自己并没生养。他们把千重子当作独生女一般抚养，疼爱。岁月悠悠，千重子究竟见弃于什么样的父母，太吉郎夫妇也不再放在心上了。至于千重子亲生父母的生死存亡，当然也就无从知道。

——当晚，吃完饭，收拾很简单。只需把竹叶和汤碗拾掇一下就行。千重子一个人在归置。

收拾完，她上二楼自己的卧室。翻着父亲曾带到嵯峨去的保罗·格雷和马克·夏加尔等人的画册。正欲蒙眬睡去，便叫了起来：

"啊——啊——"

给噩梦魇住了，她挣扎着醒来。

"千重子！千重子！"母亲在隔壁房里喊她。千重子还没应声，纸拉门拉开了。

"魇着了吧？"母亲进来说，"做梦了么？"

说着坐在千重子身旁，捻开枕边的台灯。

千重子坐在被窝里。

"哟，这么多汗！"母亲从梳妆台上拿来一条纱手帕，给千重子揩额上和胸口的汗。千重子由着母亲给擦。"多白净的胸脯

啊!"母亲心里一边想,一边把手帕递给千重子:

"呶,擦擦胳肢窝……"

"谢谢,妈。"

"做噩梦了吧?"

"嗯。梦见从老高的地方掉下来……嗖的一下掉进一个绿得可怕的深渊里,没有底儿。"

"这种梦,谁都做过。"母亲说,"掉进一个无底的深渊里。"

"……"

"千重子,别着凉。换件睡衣吧?"

千重子点了点头。但还是心有余悸,想站起身,脚步却有些踉跄。

"好了好了,我来拿吧。"

千重子坐在床上,腼腆而灵巧地换上睡衣。正要折叠刚换下的那件,母亲说:

"甭叠了,反正要洗。"便拿着挂到角落里的衣架上,又走回来,坐在千重子的枕边说:

"做梦倒没什么……该不会是发烧吧?"说着把手放到女儿的额角上。冰凉的。

"嗯,准是上北山杉村里累着了。"

"……"

"瞧你这样，叫人不放心，妈过来陪你睡好不好?"说着便要过去取被子。

"不必了……已经好了。您就放心去睡吧。"

"是么?"母亲一边说，一边往千重子的被里钻。千重子把身子往边上挪了挪。

"千重子都长得这么大了，妈再也不能搂着你睡觉了。你说多奇怪。"

结果倒是母亲先安然睡去。千重子怕母亲肩膀着凉，用手摸了摸，然后把灯关掉。可是千重子怎么也睡不着。

千重子刚才做的梦很长，告诉母亲的，不过是个结尾。

起初，不像是梦，只是似睡非睡之际，挺高兴地想起白天和真砂子去北山杉村里的事。真砂子说的那个跟千重子很像的姑娘也在村里，而且奇怪的是，形象远比村子来得鲜明。

梦做到最后，才是她掉进一个绿色的深渊里。那绿色，也许就是印在她心上的杉山。

鞍马寺的伐竹会，是太吉郎喜欢的一种仪式。因为有地地道道的男子汉气概。

太吉郎年轻时看过多次，至今已不觉新鲜。但他想带女儿千重子去见识见识。何况今年要撙节用度，鞍马寺十月里的火节，据说不拟举办了。

太吉郎担心下雨。伐竹会在六月二十日，正是黄梅季节。

十九日那天有梅雨，还很大。

"这么下法，明天停得了么?"太吉郎不时望着天空说。

"爸爸，下雨我也不在乎。"

"不在乎是不在乎，"父亲说，"天不好总归……"

二十日仍是腻答答地下着雨。

"把窗户和柜子门关紧，潮气很重，不然衣料会受潮的。"太吉郎吩咐伙计说。

"爸爸，不去鞍马寺啦?"千重子问父亲。

"明年还会有的，今年算了罢。鞍马山上云遮雾罩的……"

——参加伐竹表演的不是出家的僧众，大抵是些乡下人，称为法师。十八日先要做好伐竹准备。鞍马寺正殿的左右两侧先竖起圆杉木，然后用雌竹雄竹各四根做横梁，缚在圆杉木上。雄竹去根留叶，雌竹则是连根带叶。

对着正殿的，左为丹波座，右为近江座，自古以来便这么称呼。

领班的，身着历代相传的白绢素服，足蹬武士草鞋，肩系吊袖带，腰插二把刀，头包五幅袈裟做的僧巾，身饰南天竹叶。伐竹用的山刀收在锦囊里。由开路的人带领走向山门。

下午一点光景。

　　直裰打扮的僧人吹响法螺，伐竹会宣布开始。

　　二男童向主持长老齐声称贺：

　　"恭贺伐竹神事开始大吉。"

　　然后二男童分头走向左右两座道贺：

　　"近江之竹上好。"

　　"丹波之竹上好。"

　　伐竹时，将缚在圆杉木上粗大的雄竹砍断，理好。细的雌竹不砍。

　　于是男童向主持长老宣布：

　　"伐竹完毕。"

　　僧众一一步入大厅，开始诵经。抛撒夏菊，以代替莲花。

　　主持长老走下祭坛，打开丝柏扇子，上上下下连扇三次。

　　和着"嗬"的一声惊叹，近江和丹波两座各有两人将竹子砍成三截。

　　太吉郎原想带女儿去看伐竹会，只因天阴下雨，正在游移之际，秀男挟着小包走进格子门来。

　　"小姐的腰带好歹织得了。"秀男说。

　　"腰带？"太吉郎狐疑地问，"我女儿的带子？"

　　秀男踞退一步，毕恭毕敬扶着席子施了一礼。

　　"是郁金香花样的么……"太吉郎随口问了一句。

"不，是您在嵯峨尼姑庵里画的那条……"秀男郑重其事地说，"那天，我因年轻气盛，对佐田先生实在太失礼了。"

太吉郎不由得暗吃一惊。

"哪里，我只是兴之所至随便画画的。倒是你的高见点醒了我，我应当向你道谢才是。"

"承您看得起，那条带子我已经织好给您带来了。"

"是吗?"太吉郎不胜惊异，"那幅草图我已揉作一团，扔进你家旁边的小河里了。"

"扔掉了? 是吗?"秀男毫不怯懦，镇静地说，"您不是让我看过吗? 我已经记在脑子里了。"

"真不愧是手艺人呐。"说着，太吉郎额头又皱了起来。

"可是，秀男，图样我都扔进河里了，你为什么还要织呢? 嗯? 干吗还把它织出来?"太吉郎盯着他问道，心里忽地一动，说不出是悲凉之感，抑或是愤激之情。

"缺乏内在的和谐，火暴，病态——这些评语难道不是你秀男说的吗?"

"……"

"因此，一走出你家门口，我便把图样扔进小河里了。"

"佐田先生，请您原谅。"秀男两手扶在席上，低头道歉，"我也是整天尽织些俗不可耐的东西，织得心都烦了。"

　　"彼此彼此，嵯峨的尼姑庵里，静虽然静，只有一个老庵主和一个白天来帮佣的老太婆，却也寂寞得很……再说，店里的生意日渐萧条，所以，你说的话，我觉得很有道理。何须我这个批发商设计什么图案呢！那种新颖别致的花样，就更……唉！"

　　"我也想得很多。在植物园遇到小姐之后，也想过。"

　　"……"

　　"这腰带，请您过目吧。要是不中意，您拿剪刀当场剪碎好了。"

　　"好吧。"太吉郎点头答应，又招呼女儿过来，"千重子！千重子！"

　　千重子正在账房里，坐在掌柜旁边，这时起身走过来。

　　秀男一双浓眉下，紧抿着嘴巴，神情充满自信。但双手解包袱时，不免微微颤抖。

　　对太吉郎仿佛不便说什么，便转身向着千重子。

　　"小姐，请你鉴赏一下。这是令尊的图样。"说着把卷好的腰带递过去，显得很拘谨。

　　千重子把腰带刚展开一点，说：

　　"噢，爸爸，是受到格雷画册的启发，在嵯峨画的吧！"一直展到膝上，"哎呀，真好！"

太吉郎苦着脸不作声。但心里对秀男能把图案完全记在脑里，实在感到惊奇。

"爸爸!"千重子的声音里透着率真的喜悦，"带子真好!"

"……"

她用手摸摸带子的质地，对秀男说：

"您的织工很精致。"

"嗳嗳。"秀男低下了头。

"我在这儿打开来看看好吗?"

"嗳嗳。"秀男应了一声。

千重子站起身来，在父亲和秀男面前把带子完全展开，一手搭在父亲肩上，站着打量道：

"爸爸，您看怎么样?"

"……"

"您不觉得好看吗?"

"真的好看?"

"嗯，谢谢爸爸。"

"你再仔细看看。"

"这是新花样，当然要看配什么衣裳……不过，这带子真的好。"

"是吗? 嗯，既然你中意，就该谢谢秀男。"

"秀男先生，多谢了。"千重子说着，在父亲身后跪下来，低头道谢。

"千重子。"父亲叫她，"这带子和谐吗？意境和谐吗？"

"什么？和谐？"千重子猝然间给问住了，又打量了一下带子，"您问和不和谐，这要看什么衣裳，也因人而异……现在，那种故意打破和谐的衣裳倒很时兴……"

"嗯。"太吉郎点点头说，"其实呢，千重子，当初我把带子的图样给秀男看，他说不和谐。一气之下，我把图样扔进了他们作坊旁的小河里了。"

"……"

"可是，秀男竟织好拿来了，一看，跟爸爸扔掉的那张图样还不是完全一样么？尽管画笔的颜色和丝线的颜色，多少有些差别。"

"佐田先生，请多原谅。"秀男双手扶在席上致歉说。

"小姐，实在冒昧得很，能否请你把带子系在腰上试试？"

"就系在这件衣服上？……"说着，千重子站起身来，系上带子，顿时显得光艳照人。太吉郎的神色缓和下来。

"小姐，这不愧是令尊的杰作。"秀男的眼睛放着光辉。

祇园会

千重子提着大篮子，走出店门。她要往北经过御池大街，到麸屋町的汤波半老铺去。比睿山至北山之间的天空，晚霞火样的红，千重子伫立在御池大街上，仰望了半晌。

夏天日长昼永，晚霞早出。天色颇不单调，一忽儿便染成一片火红。

"天空竟有这种样子，还是头一次见呢。"

千重子掏出小镜子，在霞光下，照着自己的面庞。

"我忘不了，一辈子也忘不了……人真是的，心情会左右一切。"

在晚霞的映照下，比睿山和北山竟是一脉深蓝。

汤波半老铺里，豆腐皮、牡丹豆腐皮和八幡卷刚出锅。

"您来啦，小姐。一到祇园会，简直忙得不可开交，这还只是供应一些老主顾呢。凡事请多包涵呀。"

这家铺子，平日只接受订货。京都的点心行业中也有这样一类老店。

"是过节用的吧，一向承您照顾啦。"汤波半的老板娘一边说，一边把千重子的篮子装得满满的。

所谓八幡卷，就跟鳗鱼做的八幡卷一样，是豆腐皮裹上牛蒡卷成的。牡丹豆腐皮，则类似油炸豆腐什锦，在豆腐皮里包上白果馅。

这家汤波半，是一八六四年那场大火中幸存的一家老字号，已有两百多年历史。当然也多少有些改进……例如天窗上安了玻璃，做豆腐皮用的炉灶改用砖砌的。

"从前烧炭，添火时，炭灰要落到豆腐皮上，所以才改烧锯末。"

"……"

一排锅子，用四方的铜板隔开，等锅面上结成一层豆腐皮，就用竹筷巧妙地捞出来，晾在锅上面的细竹棍上。竹棍上下摆几层，豆腐皮干了就往上移。

千重子走进后面的作坊，用手扶着古老的柱子。陪母亲一起来时，母亲常抚摸这根年代久远的大黑柱子。

"什么木的?"千重子问。

"丝柏的。高得很，一直到顶上，笔直笔直的……"

千重子也摸了摸这根古色古香的柱子，然后走出这家老铺。

回家时，一路上只听到排练祇园会的鼓乐声，高亢嘹亮。

祇园会的日期，远道来看热闹的人常常以为是祭神彩车巡行的七月十七日那天。所以，顶多在十六日夜里，才赶来看前夜祭。

不过，祇园会的法事，实际上七月里要做一个月。

七月一日，准备祭神彩车的各街道，先自"画吉符"，奏乐打鼓。

彩车中，乘有童子、饰以长刀的那辆，年年照例走在仪仗队之前。为了决定其余彩车的先后次序，七月二日或三日那天，由市长亲自主持抽签。

七月十日，"洗御舆"，也即祭祀的开始。彩车头一天要搭好，御舆在鸭川的四条大桥上洗；所谓"洗"，不过是神官用杨桐枝蘸水，洒于车上而已。

十一日，童子参拜祇园神社。那是乘在长刀彩车上的童子。他头戴京式乌纱帽，身着古代公卿礼服，骑着马，有侍从随后。童子前去领受五位之职，高于五位的，称为殿上人。

从前，彩车上还置有神像，所以，童子两侧的侍童要扮成观音菩萨和势至菩萨。童子从神庙领受职位，象征已与神道婚配成礼。

"干吗那么怪模怪样啊？我是男孩子呀。"水木真一小时给扮成童子时，曾抱怨说。

再者，童子要"单开伙"，饭食不能与家人共火同烧。这是为了洁净。如今，这个规矩已经从简。只是，童子吃的饭，要用火镰打两下。据说，家里人倘有疏忽，童子自己就会催促："打火镰，打火镰。"

总而言之，童子不是巡行一天即告完事，远没有那么简单，还要去彩车街一一致意，全部祭典和童子的活动，总要一个月才能结束。

较之七月十七日彩车巡行，京都人宁愿领略十六日晚上前夜祭的情趣。

祇园会的正日，即将来临。千重子家的店铺，外面的格子门已经卸下，正忙于准备。

京都姑娘千重子，家里是批发商，靠近四条，祖上人祀于八坂神社，所以对年年举办的祇园会，也就不觉得稀罕了。这是京都炎夏的庙会。

最令人怀念的，便是乘在彩车上由真一装扮的童子。每逢庙会，或闻鼓乐声喧，或见彩车四周灯火辉煌，真一的样子，便历历如在眼前。那时真一和千重子都还只有七八岁光景。

"即便女孩子里，那么俊的也少见。"

真一到祇园神社领受五位少将之职时，千重子也跟随趋入，彩车巡行街衢的时候，她也一直跟在后面转。扮成童子的真一，还带着侍童两人，到千重子家登门致谢。

“千重子，千重子。”千重子给喊得脸色绯红，只顾瞧他。
真一化了妆，涂了口红，而千重子却是一张给阳光晒得发红的
素脸。身上穿了一件单和服，系一条三尺长的红花纹腰带，挨
着格子门，将坐榻放倒，正在同邻居的孩子放花火玩。

今宵，在鼓乐声中，在彩车灯下，千重子依稀还见到当年
童子打扮的真一。

“千重子，今儿晚上，你不去逛逛前夜祭吗？”晚饭后母亲
问千重子。

“妈，您呢？”

“有客人来，妈走不开。”

千重子一出家门，便加快了脚步。四条上人山人海，简直
走不动。

四条上哪些彩车在什么地方，哪个胡同有什么彩车，千重
子最清楚不过了。她各处都转了转，果然热闹非常。彩车上的
鼓乐之声处处可闻。

千重子走到神舆前买了一支蜡烛，点了供在神前。庙会期
间，八坂神社的神道都迎到神舆那里。出了新京极，过四条，
路南便是神舆。

在神舆前面，千重子发现有个姑娘在拜七拜，虽然只见后
影，但一眼便知她做什么。所谓拜七拜，是在离开神舆几步的

地方，走上前去拜一拜，退回原处，再走上前去拜一拜，这样往返拜七次。这中间倘遇见熟人，也不开口打招呼。

"咦?"千重子觉得那姑娘很面熟，不禁也随着拜了起来。

姑娘往西走几步，再踅回神舆前。千重子正相反，是东向往还。但姑娘比千重子虔诚，祷告得更久。

姑娘拜完七次，千重子每次离开神舆不像姑娘那么远，所以大致同时拜完。

姑娘凝眸望着千重子。

"你祈求什么呢?"千重子开口问道。

"你看见了?"姑娘的声音颤抖了，"我想知道姐姐的下落……你就是我的姐姐。神佛保佑，让我们相逢。"姑娘泪水盈盈。

不错，正是北山杉村里的那个姑娘。

神舆前挂满了灯笼，来朝拜的还点了蜡烛，所以神像前灯火通明。可是姑娘满脸泪痕，也不怕亮光，脸上映现出灯火闪闪。

千重子凭着意志，强自忍住泪水。

"我是独生女儿，没有姐妹。"说完脸色刷白。

北山杉姑娘哽咽着说:

"我知道，小姐，请原谅。原谅我吧。"她反复说道，"因为从小便一直惦着姐姐、姐姐的，所以认错了人……"

"……"

"听说是双胞胎，也不知究竟是姐姐，还是妹妹……"

"人和人也有长得很像的。"

姑娘点点头，泪水顺着脸颊往下淌。她掏出手帕，边擦边说："小姐生在哪儿的？"

"就在附近，批发商大街。"

"是么？小姐求神保佑什么呢？"

"保佑父母福寿双全。"

"……"

"你父亲呢？"千重子问了一句。

"早就不在了……一次给北山杉剪枝，从这棵树跳到另一棵树上，一失足，掉下来摔坏了……这是村里人告诉我的。那时，我刚出生，什么也不知道……"

千重子感到一阵揪心。

——我时常想去那村子，想看挺秀的北山杉，焉知不是父亲的阴魂在召唤我？

这个山村姑娘，说她有孪生姐妹。我的亲爹会不会在树上想起我千重子这个被弃的女儿，想出了神，不小心从树上摔下来的呢？准是这样。

千重子的额角沁出了冷汗。四条大街上杂沓的脚步声，祇园会的鼓乐声，仿佛都消失在远处。眼前一片昏黑。

山村姑娘扶着千重子的肩头，用手帕给她擦额角。

"谢谢你。"千重子接过手帕，擦了擦脸，不知不觉随手掖进自己衣袋里。

"你母亲呢？"千重子小声问。

"母亲也……"姑娘迟疑了一下，"我生在母亲的娘家，那儿是个深山坳，比杉树村还要僻远。母亲也不在了……"

千重子没有再问下去。

北山杉村来的姑娘，不用说，是高兴得流出了眼泪。一旦收住泪水，脸上转而光彩照人。

相比之下，倒是千重子凝然不动，两腿发颤，心思纷乱已极，一时里平静不下来。能够扶持慰藉她的，只有姑娘那健美的身躯。千重子不像山村姑娘高兴得那么率真，目光慢慢显出幽忧的神色。

千重子正在犹豫下一步不知该怎么办，这时姑娘招呼她说：

"小姐！"同时伸出右手。千重子握住姑娘的手。皮很厚，手很粗，不同于千重子的纤纤素手。可是，姑娘似乎并不在意，紧握着说：

"小姐，再见。"

"怎么？"

"啊，真高兴……"

"你叫什么名字？"

"苗子。"

"苗子？我叫千重子。"

"我现在在做工。村子不大，一提苗子，谁都知道。"

千重子点了点头。

"小姐，你挺福气的。"

"嗯。"

"我发誓，今晚咱们见面的事，谁也不告诉。只有这祇园神知。"

虽说是孪生姊妹，但身份殊隔，苗子大概意识到这一点。千重子思念及此，便什么话也说不出来了。但是，被抛弃的，难道不正是自己么？

"再见，小姐。"苗子又说了一句，"趁别人还没看见……"

千重子一阵心酸。

"我家的店就在附近，苗子哪怕就从门前走过去也好，至少去一趟吧，好吗？"

苗子摇了摇头，却又问道："府上有几个人？"

"家里人么？只有父亲和母亲……"

"也不知怎的，我也觉得该是这样。你是父母的心肝宝贝，娇生惯养的。"

千重子拉着苗子的衣袖说：

"在这儿站得太久了……"

"真的。"

说着，苗子重新朝神舆诚心诚意地拜了拜。千重子也赶忙随苗子拜起来。

"再见。"苗子第三次说。

"再见。"千重子也说。

"真有好多话要说。什么时候，到村里来吧。在杉林里，谁都看不见的。"

"谢谢。"

两人挤出人群，无意中朝四条大桥走去。

属于八坂神社一脉流传下来的后裔很多。前夜祭和十七日正日祭神彩车巡行过后，赶庙会的人依旧络绎不绝。家家店铺门户洞开，摆上屏风什么的。早先有的屏风，画的是初期浮世绘，狩野派，大和绘，或是宗达的绘画。在浮世绘的原画中，

有的属南蛮屏风，在古雅的京都风俗中，描绘异国人物。画面
大多表现京都当年商业兴盛，市面繁荣。

现在，这种风俗的余绪还保留在祭神的彩车上。车上饰以
中国织锦，法国葛布兰式花壁毯，毛织品，金线织花锦缎，仿
织锦刺绣等。绚丽多彩的桃山①风格中，还显示出对外贸易的发
达，具有一种异国情调之美。

彩车内则挂有当时的名家绘画。车的顶端看着像根柱子，
据说有的是用来表示朱印船②的桅杆。

祇园会敲打的鼓乐，节奏很简单，通常是"咚咚呛咚咚
呛"。实际上有二十六套，有人说类似壬生寺演假面哑剧的音乐
伴奏，有的则说近乎雅乐。

前夜祭时，彩车上挂起一串串灯笼，鼓乐喧天，高亢嘹亮。

四条大桥东头虽然没有彩车，可是去八坂神社的这一路上，
仍是热闹非常。

千重子刚上大桥，就被人流推来挤去，比苗子落后几步。

---

①　织田信长、丰臣秀吉掌权时代（1573—1600），美术史上称为安
土桃山时期。这时期的城郭、宫殿、寺院，建筑豪华，布局宏伟，室内
装饰壁画之风颇盛，表现市民生活的风俗画、陶瓷、漆器、染织等工艺
也甚发达。

②　明治维新前的江户时代，凡领有红色官印执照的船只，始可与
外国通商贸易。

　　苗子说了三次"再见"，可是千重子委决不下，不知是在这儿分手好，还是走过太记老店，甚至走到店门附近，让她知道店在什么地方好？对苗子，油然而生一缕亲情。

　　"小姐，千重子小姐！"苗子刚要过大桥，跟她打招呼走到她跟前的，是秀男。秀男把苗子错认为千重子了。"您来逛前夜祭？就一个人……"

　　苗子感到很为难，但她不能回头去看千重子。

　　千重子倏地躲入人群。

　　"今儿晚上好天气……"秀男对苗子说，"明儿个，天也会好。星星那么亮……"

　　苗子抬头望着夜空。她不知如何回答是好。当然，苗子不可能认识秀男。

　　"上一次对令尊十分无礼，那条带子花样真好……"秀男对苗子说。

　　"哎。"

　　"令尊后来生气了没有？"

　　"哎。"苗子莫名其妙，无从回答。

　　不过，她并没拿目光去寻千重子。

　　苗子感到迷惑。要是千重子愿意见这个年轻男子，她就会走过来。

这个男子，头略大，肩很阔，目光沉静。苗子觉得不像是坏人。从他提起腰带的事看来，可能是西阵那边的织工。在高高的织机上，几年坐下来，体形多少总会变成这个样子。

"怪我年轻不懂事，对令尊的图样，说了几句废话，一宿没睡，想来想去还是决定把它织出来。"秀男说。

"……"

"您系过一次没有？"

"嗯。"苗子含糊其词地应了一声。

"怎么样？"

桥上不如马路上那么亮，人群熙攘，把他们隔了开来。尽管如此，秀男居然认错人，苗子仍感到不解。

双胞胎生在一份人家，一视同仁，同样抚养，自是不易分辨。但是，千重子和苗子长在不同地方，生活境遇截然不同。苗子甚至以为，眼前这个人或许是近视也难说。

"小姐，我打算自己设计，为您精心织一条锦带，作为您二十岁的纪念，不知行不行？"

"哎，谢谢了。"苗子期期艾艾地说。

"祇园会的前夕，能见到小姐，神佛一定会保佑我织好锦带。"

"……"

苗子心里想，我们是孪生姊妹，千重子准是不愿叫这人知道，所以才不过来。

"再见了。"苗子对秀男说。秀男有点意外。

"哦，再见。"秀男应了一声，又说，"您同意我织，那太好了。我一定赶在看红叶之前织出来……"秀男把意思又说了一遍，这才走开。

苗子用目光搜寻了一下，没有看见千重子。

方才那个男子以及腰带的事，对苗子来说，横竖无所谓，可是，在神舆前同千重子相逢，仿佛是神佛的呵护，她只觉得高兴。手扶着桥栏杆，凝望着水上的灯影。

苗子沿着桥边，缓缓走着，打算走到四条的尽头，去参拜八坂神社。

走到大桥中央，发现千重子和两个年轻男子站着说话。

"啊！"苗子不觉低声叫了出来，但没有走过去。

她是无意之间看见他们三个的。

千重子本来在思忖，苗子究竟同秀男站在那里说些什么。显然，秀男错把苗子当成自己了。苗子怎么应付秀男呢？真难为她。

　　千重子想，也许该走到他们跟前去。可是不行。非但没过去，当她听见秀男喊苗子为"千重子"的刹那间，竟抽身躲进了人群。

　　为什么呢？

　　神舆前与苗子邂逅，就内心的震动而论，千重子要比苗子强烈得多。苗子早就知道，自己是孪生，始终在寻找那不知是姐姐还是妹妹的另一个。然而，在千重子却是万万没有想到的。实在过于突然，她没法像苗子发现千重子时那么兴高采烈，她也顾不上高兴。

　　并且，父亲从杉树上摔下来，母亲产后早死，是方才听苗子说才知道的。她心里感到刺痛。

　　过去，她只是听见邻居们私下传说，才认为自己是个弃儿，可是她竭力不去想自己是被什么样的父母抛弃的，他们又在哪里。即使想了，也无济于事。何况太吉郎和繁子对自己十分钟爱，无须再想。

　　今晚，在前夜祭上，苗子告诉的这些事，在千重子听来，未必是什么幸事。然而，她对苗子这样一个姐妹，已产生一种温暖的手足之情。

　　"她的心地比我纯洁，又能干活，身体好像也挺好。"千重子喃喃自语，"有朝一日，说不定还能依靠她呢……"

　　她茫茫然走在四条大桥上，这时，听到：

　　"千重子！千重子！"真一喊住了她，"一个人走路想什么呢？都出了神了，脸色也不大好。"

　　"哦，是真一。"千重子回思过来，"真一，那年你扮作童子，乘在插着长刀的彩车上，多好玩呀。"

　　"当时可难受极了。现在想想怪好玩的。"

　　真一有个同伴。

　　"是我哥哥，在大学研究院读书。"

　　哥哥长得很像弟弟，莽撞地向千重子点了点头。

　　"真一小时候性格懦弱得可爱，长得又细气，像个女孩子，所以把他扮成童子。真傻。"哥哥大声笑着说。

　　走到桥心，千重子在哥哥那张英武的脸上看了一眼。

　　"千重子，你今晚脸色苍白，像是很伤心似的。"真一说。

　　"也许是桥中央灯光照着的缘故？"千重子说着，用脚使劲踩着地下，"再说，这个前夜祭，人头攒动，个个兴高采烈的，孤零零一个女孩子，看着就显得伤心似的，这又有什么？"

　　"那可不行。"说着真一把千重子推向桥栏杆旁边，"稍微靠一会儿吧。"

　　"谢谢。"

"河上没什么风……"

千重子手扶额角，闭起眼睛。

"真一，你扮童子，乘在插长刀的彩车里，那时几岁?"

"嗯……算起来不到七岁吧? 记得是上小学的前一年……"

千重子点了点头，默不作声。她想擦擦额角和头颈上的冷汗，手伸进怀里，摸到的是苗子的手帕。

"啊!"

手帕上沾着苗子的泪痕，千重子捏在手里，犹豫着要不要掏出来。她把手帕捏成一团，擦着额角，泪水几乎涌了出来。

真一很诧异。他知道，把手帕团成一团，塞进衣袋，这不是千重子的习惯。

"千重子，你觉得热吗，还是发冷? 要是热伤风，可不容易好，赶快回去吧……我们送你。好吗，哥哥?"

真一的哥哥点点头。他一直目不转睛，盯着千重子。

"很近，不必送了……"

"很近，就更得送了。"真一的哥哥说得很干脆。

三个人从桥心往回走。

"真一，你扮童子乘彩车巡行时，我始终跟在后面，你知道不?"千重子问。

"记得，记得。"真一回答。

"那时还挺小的。"

"可不是。当童子不好东张西望，可是我心里想，那么小的女孩，难为她跟着走。累得很吧？人又挤……"

"再也不能变得那么小了。"

"你尽说的什么呀？"真一一面闪烁其词，一面心里疑惑，千重子今晚是怎么了？

送千重子到了家，真一的哥哥同她父母恭恭敬敬寒暄一番，真一则躲在哥哥身后。

太吉郎在后房，同一位客人喝过节酒。太吉郎倒没怎么喝，他不过是陪着罢了。繁子在旁侍候，一忽儿站起来，一忽儿坐下去。

"我回来了。"千重子说。

"你回来啦？这么快！"说着察看女儿的神色。

千重子对客人毕恭毕敬行过礼，然后说：

"妈，我回来太晚了，也没能帮您的忙……"

"没什么，没什么。"繁子示意千重子一起到厨房去。叫她来端烫好的酒，顺便说：

"千重子，大概是看你这么伤心的样子，他们才送你回来的吧？"

“嗯，真一和他哥哥一定要送……”

“我看也是。脸色也不好，摇摇晃晃的……”繁子摸了摸千重子的前额，“倒不发烧。瞧你这伤心的样儿。今儿晚上有客人，就跟妈一起睡吧。”说着，慈爱地搂着千重子的肩膀。

一包眼泪几乎要滚出来，千重子拼命忍着。

“你就上楼先睡吧。”

“是，妈……”见母亲如此慈怜温蔼，千重子心头顿时释然。

“你爸爸也是，客人少，闷得慌。吃晚饭那阵工夫，倒有五六个人来着……”

千重子端酒壶进去。

“已经酒足饭饱了。这些足矣。”

千重子斟酒的手发颤，左手也扶着酒壶，仍是微微颤动。

今晚，天井里那盏基督雕像灯也点亮了。大枫树洼儿里的两株紫花地丁，隐约可见。

花已凋落。上下两株细小的紫花地丁，不就是千重子和苗子么？两株花似乎各据一方，可是今晚不就相逢了么？千重子望着薄明微暗中的两株紫花地丁，不禁又酸泪欲滴。

太吉郎也发现，千重子似乎有心事，时不时地望着她。

千重子轻轻站了起来，走上二楼。她的卧室已铺上客人的铺盖。便从壁橱里拿出自己的枕头，到母亲房里睡下。

她恣情一恸，因怕人听见，便把脸埋进枕头里，两手抓住枕头的两边。

繁子走进来，看见千重子的枕头湿了一片，便说：

"来，换一只，我回头就来。"说着给她拿来一只新枕头，随即又下楼去了。在楼梯口停了一停，回头望了一眼，什么也没说。

铺盖只铺了两副，倒不是铺不下三副。一副是千重子的，母亲大概打算和千重子一起睡。

在脚横头，叠着两条夏天盖的麻绉被，一条是母亲的，一条是千重子的。

繁子没铺自己的被，只铺了女儿的。这本算不得一回事，千重子却能体会到母亲的一番心意。

于是，千重子止住了泪水，心情平静下来。

"我就是这个家里的孩子。"

千重子和苗子突然邂逅之后，心绪纷乱已极，一时难以克制，这是很自然的。

她站到镜台前，打量自己的面孔。想搽粉遮掩一下，又作罢。便去拿香水，在被上洒了几滴。然后把身上的窄腰带重新系好。

当然，她一时还无法入睡。

"刚才对苗子是不是太冷淡了?"

一闭上眼睛，便看见中川村（町）那秀丽的杉山。

从苗子的话里，千重子对自己的亲生父母，也大体上有所了解了。

"这件事，是告诉爸爸妈妈好呢，还是不告诉的好?"

恐怕这批发店的老夫妇，既不知道千重子生在哪里，也不知道她亲生父母的下落如何。

"亲爹亲娘已经不在人世了……"想到这里，千重子倒也没有流泪。

街上传来了鼓乐声。

楼下的客人，好像是近江长滨那一带的绉绸店老板。已经醉意蒙眬，嗓音也高起来，千重子睡在后楼上，不时也能听见一言半语。

客人絮絮不休，在讲祭神彩车队经过的路线，从四条出来，经过颇为现代化的河原町，拐到单行道御池大街，市政府前甚至搭了观礼台，说是为了"观光"。

以前，车队行经京都狭窄的街道，有时会损坏一些房屋。别有情趣的是，从前可向楼上的人讨粽子，现在则是撒粽子。

四条还算好的，一旦拐进窄小的街道，彩车的脚便看不到。这倒更好。

太吉郎心平气和地分辩说，在宽阔的大街上，整辆彩车一览无余，那才美不胜收呢。

千重子此刻躺在被窝里，恍如听见彩车的大木轮，碾过十字路口的声音。

客人今晚似乎要在隔壁房里留宿。所以，见到苗子的前后经过，千重子打算明天再告诉父母。

听说北山杉的村里，都是私人经营。并不是每个人家都有山有林的。有山的，只是少数几家。千重子心想，她的亲生父母大概是人家的雇工。

"我在做工……"苗子自己也这么说。

二十年前，父母生下双胞胎，或许有点不好意思。又听说双胞胎难养，而且，也考虑到生活的艰难，才把千重子给扔了也难说。

——有三件事，千重子忘了问苗子了。弃婴还在襁褓中，为什么抛弃的不是苗子而是千重子？父亲从树上摔下来又是什么时候？苗子倒说过，在她"刚出生"的时候……此外，苗子说，她"生在母亲的娘家，那儿是个深山坳，比杉树村还要偏远"。那地方叫什么名字呢？

　　苗子似乎觉得同被抛弃的千重子"身份殊隔",她是决不会
自己来找千重子的。倘如千重子想同苗子说什么,那就非去她
干活的地方找她不可。

　　然而,千重子不能瞒着父母去找苗子。

　　大佛次郎的名篇《京都的魅力》,千重子读过多遍。脑海里
忽然想起其中的一段:

　　　　北山上做圆杉木用的杉林,树梢青翠,重重叠叠,宛
　　如云层;而红松,树干纤细,色调鲜明,丛立山间。林涛
　　细响,恰似音乐一般……

　　层山叠嶂,那圆陀的山峰,起伏的音乐,林涛的细响,这
一切远远盖过庙会的鼓乐和人声,在千重子心头奔凑而来。仿
佛冲破北山上的彩虹,听得见那音乐和细响……

　　千重子的悲哀淡薄了。也许那根本就不是悲哀。说不定是
突然遇到苗子而感到的惊愕、迷惘和困惑。多半是女孩儿天生
爱流泪的缘故。

　　千重子翻了个身,闭着眼睛,倾听那山之歌。

　　"苗子高兴得什么似的,可我呢?"

　　过了一会儿,客人同父母上楼来了。

"请好好休息吧。"父亲对客人说。

母亲叠好客人脱下的衣服，走到这间屋子，正要叠父亲脱下的衣服，千重子说：

"妈，我来吧。"

"还没睡着？"母亲让千重子叠，躺了下来。

"好香。到底是年轻人。"母亲爽朗地说。

近江客人喝了酒的缘故，隔着纸拉门，鼾声当即可闻。

"繁子。"太吉郎喊了一声睡在旁边铺上的妻子，"有田先生不是说，要把儿子送到柜上来吗？"

"是当店员……职员吗？"

"是做上门女婿，千重子的……"

"别说了，千重子还没睡着呢。"繁子拦住丈夫说。

"我知道。千重子听听也好。"

"……"

"是他家老二。曾经打发他来过几次。"

"我可不大喜欢有田这个人。"繁子声音虽低，语气却很坚决。

萦绕在千重子心头的山林的乐声消失了。

"是不，千重子？"母亲转身朝向女儿。千重子睁着眼睛没有作声。静默了半晌，千重子交叉着两脚，一动不动。

"有田先生看中的，大概是咱们的铺子吧。我这么猜。"太吉郎说，"再说，他也知道，千重子既漂亮又可爱……虽然是咱们的主顾，可是对柜上的情况，倒全都清楚。想必是哪个伙计透露给他的。"

"……"

"不过，不论千重子长得怎么俊，也不能为了生意叫她出嫁，这事我想都没想过。繁子，你说是不是？这么做也对不起神灵。"

"可不是。"繁子说。

"我这人的禀性，不适于做生意。"

"爸爸，我让您把保罗·格雷之类的画册带到嵯峨的尼姑庵去，真是不应该。"千重子撑起身子向父亲道歉。

"哪里，这也是爸爸的乐趣和消遣。这样，生活才有点意义嘛。"父亲轻轻点了点头，"我又没有能耐，设计那种图案……"

"爸爸！"

"千重子，要不咱们把店盘出去，到幽静的南禅寺或冈崎租间小房子，哪怕西阵也行，咱们父女俩一块儿设计和服，画腰带的花样，你看好不好？不过，你受得了穷吗？"

"穷怕什么！我一点也不在乎……"

"真的?"父亲说完，过一会儿就睡熟了。千重子却辗转难眠。

可是第二天，她一大清早便醒了，打扫店前的街道，擦拭格子门和坐榻。

祇园会仍在进行。

十八日是入山伐木节；二十三日是节后祭和屏风会；二十四日彩车上山巡行，然后祭神演出狂言①；二十八日洗御舆，回八坂神社；二十九日是上奏神事已毕的奉告祭。

好些彩车都经过寺町。

千重子是杂事烦心，不得清静，庙会差不多前后忙了一个月。

秋　色

明治初年倡导"文明开化"，保留下来的唯一陈迹，便是沿着崛川行驶的北野线电车，现在也终于决定取消了。这条线路是日本最早的电车。

这足以让人了解，千年古都很早即已取法西洋，吸收新事

---

①　日本一种古典喜剧。

物。京都人居然也有这样一面。

然而，这辆"叮叮当当"的老爷电车，还能开到今日，或许正可以看出"古都"的特色。车身很小，对面对座，几乎彼此能碰到膝盖。

可是一旦取消，又不免感到惋惜。所以，便把这辆车缀以假花，装饰成"花电车"，让一些人按照明治时的风俗装扮起来，乘在车上。这消息在市民中盛传一时，或者也可以说是一个"节日"吧。

几天来，这辆旧电车天天客满，没事的人也要上去乘一乘。正当七月伏天，有人还撑着阳伞。

京都的夏天，比东京晒得厉害，东京现在已经看不到打阳伞走路的人了。

太吉郎在京都站前正要上那辆花电车，有个中年女人忍着笑，故意藏在他身后。说起来，太吉郎也算得上是明治时期的老资格。

上了电车，太吉郎才发现这个女人，不大好意思地说：

"是你呀！你还不够明治时期的资格哩。"

"反正离明治也不远了。再说我家就在北野线上。"

"哦，可不是吗?"太吉郎说。

"什么可不是吗，您这人真薄情寡义……您倒是想起来了没有?"

"还带了个可爱的孩子……藏在什么地方了?"

"甭装糊涂……您明明知道不是我的孩子。"

"啧啧,我哪儿知道。你们女人家……"

"瞧您说的,你们男人家才这样呢。"

女人带的那个女孩儿,长得白白净净,姿容曼妙、约莫有十四五了。单和服的外面,系着一条窄的红腰带。女孩儿忸忸怩怩躲着太吉郎,挨着女人坐下来,抿起嘴一声不响。

太吉郎轻轻拉了一下女人的袖子。

"小千代,往中间坐坐。"女人说。

三个人沉默了好一会儿。女人隔着女孩子的头,附耳对太吉郎说:

"我常想,要是叫这孩子到祇园当舞伎,准能红。"

"谁家的孩子?"

"附近茶馆老板的。"

"嗯。"

"有人居然认为是先生您同我的孩子。"女人声音低到欲无地说。

"什么话!"

女人是上七轩一家茶馆的老板娘。

"我们要去北野神社。这孩子非拉上我不可……"

太吉郎知道老板娘在开玩笑，便问少女说，"你几岁啦?"

"中学一年级。"

"嗯。"太吉郎一面端详女孩子，一面对老板娘说，"唉，到来生转世，再拜托你吧。"

女孩子生在花街柳巷，似乎也懂一些风情，太吉郎的俏皮话自然听懂了。

"有什么事非让这孩子拉上你去北野神社不可? 难道她是天神下凡不成?"太吉郎揶揄老板娘说。

"正是正是。"

"天神可是男身噢……"

"是他转世托生成女的了。"老板娘故作正经地说，"要是生成男的，就得发配，受罪。"

太吉郎扑哧一声笑了出来："要是女的呢?"

"要是女的，对啦，要是女的，就有个如意郎君，备受疼爱。"

"嗯。"

这女孩儿模样俊俏，无可挑剔。梳的刘海头，又黑又亮。双眼皮，大眼睛，顾盼撩人，美极了。

"是独生女吗?"太吉郎问。

"不是，还有两个姐姐。大姐明年春天中学毕业，也许要下海。"

"也像这孩子这么漂亮？"

"像是像，可没她这么俊。"

"……"

现在上七轩连一个舞伎都没有。当舞伎，也非中学毕业不可。

所谓上七轩，顾名思义，大概原来有七家茶馆。太吉郎好像在哪儿听说，现在已增加到二十几家了。

从前，也并不很久，太吉郎常陪西阵的织工或是外地的老主顾，到上七轩一带冶游。眼前不禁浮现出当时的女人的面影。那时，太吉郎店里的生意还很兴隆。

"你兴致倒好，居然还来乘乘这辆电车……"太吉郎说。

"人顶要紧的就是念旧。"老板娘说，"吃我们这碗饭的，就不能把老主顾给忘了……"

"……"

"偏巧今儿个送客上火车，回去乘这辆电车又是顺路……倒是佐田先生好不奇怪，孤家寡人，一个人乘这辆车……"

"可不，唉，其实光看看也就够了。"太吉郎侧着头沉吟了一下，"也不知是过去令人怀念呢，还是现在太寂寞了。"

"要说寂寞，您还不到那个年纪。咱们一起走吧。哪怕就看看年轻姑娘也好……"

太吉郎竟然要给带往上七轩去。

老板娘径直朝北野神社的神前走去，太吉郎跟随其后。老板娘恭恭敬敬告祷了好久。少女也低着头。

老板娘回到太吉郎身边时说：

"该叫小千代回去了，您包涵着点。"

"唔。"

"小千代，回去吧。"

"对不起。"女孩儿向二人道过别便走了。渐去渐远，走路的姿势也越来越像个地道的中学生了。

"您好像挺中意这孩子的。"老板娘说，"再过两三年就下海了，您就耐着性子等着吧……现在她人就很懂事。长得是真够俊的。"

太吉郎没有回答。既然到了这里，索性在园子里逛逛吧。可是酷热难当。

"到你们柜上休息一下好不好？我有些累。"

"敢情好。方才我就这么打算来着。您可是老没来了。"老板娘说。

进了那爿古旧的茶馆，老板娘便郑重其事地招呼说：

"您来了，可真是久违了。一向都好哇？倒是常念叨您呐。"
又说，"您躺躺吧，我去拿个枕头来。哦，您方才说寂寞得慌，
叫个老实的主儿来解解闷如何？"

"要是从前见过的姑娘，那就免了吧。"

太吉郎刚要入睡，走进一个年轻艺伎。她安安生生坐了片
刻。见是个生客，心里暗想，大概挺难伺候。太吉郎一直睡意
蒙眬，压根儿打不起精神来说话。艺伎或许是为了逗逗客人，
说她下海两年来，喜欢过四十七个客人。

"正好同赤穗义士①一样多。有的也四五十岁了。现在想想
蛮滑稽的……尽惹人笑话，说一个个该闹单相思了。"

太吉郎这才完全清醒过来。

"那么现在呢？"

"现在只有一个人。"

这当口老板娘正走进客厅。

这艺伎不过二十来岁，同泛泛之交的男人相好竟有"四十

———————

①　一七〇三年一月三十日夜，赤穗地方的四十七名武士起事，为
其主公复仇，后人称之为赤穗义士。戏曲小说常取材于此，著名歌舞伎
《忠臣藏》描写的便是这段史实。

七"人之多，太吉郎真有点疑心她记得确实不确实。

她刚下海三天，领一个讨厌的客人去厕所，猛不防被那人抱住亲了一下，结果把客人的舌头给咬了。

"出血了吗?"

"可不，出血了。客人大发雷霆，叫赔治疗费，我呢就哭，折腾了半天。那也是他自作自受。现在连他叫什么名字，我都忘了。"

"嗯。"太吉郎盯着这个艺伎的面孔。当时她也不过十八九岁光景。这么一个细腰身、削肩膀，性格温柔的京都美人儿，居然会使劲咬人。

"让我看看你的牙。"太吉郎对年轻的艺伎说。

"牙? 我的牙么? 说话的时候，您不就瞧见了么?"

"我再仔细看看，不碍事的。"

"不嘛，怪难为情的。"艺伎抿着嘴说，"您多坏呀，叫人没法开口说话了不是?"

艺伎的樱桃小口里，露出一排细小洁白的牙齿。太吉郎嘲弄说:

"莫不是咬断了，镶的假牙吧?"

"舌头多软呀。"艺伎一不留神，说走了嘴，"真是的，我不说了……"说着把脸藏在老板娘的背后。

过了片刻，太吉郎对老板娘说：

"既然到了这里，顺便到中里去看看吧。"

"哦……那他们会高兴的。我陪您去好吗？"说罢，老板娘站起身来，走到镜台前，大概要坐下匀匀脸。

中里家的门面依旧是老样子，客厅却布置一新。

又叫了一个艺伎来，太吉郎在中里家一直待到晚饭后。

——秀男到太吉郎店里，正是他不在家的时候。说要见小姐，千重子便走到前面店堂里。

"祇园会那晚，您答应过我给您设计腰带，现在已经画好了，我拿来请您过过目。"秀男说。

"千重子！"母亲招呼说，"请让进里屋来吧。"

"嗯。"

在朝天井的那间屋里，秀男打开图案给千重子看。一共有两幅。一幅画的是菊花配着绿叶，叶子几乎看不出来，形状很别致。另一幅是红叶。

"好极了。"千重子看得入迷了。

"只要小姐中意，我比什么都高兴……"秀男说，"那么就请小姐定一下织哪一幅吧。"

"这个么，要是菊花，长年都可以系。"

"那就织菊花这幅吧，好吗？"

"……"

千重子垂着头，神情抑郁。

"两幅都很好，不过……"她吞吞吐吐地说，"不能织成山上的青杉和红松么？"

"山上的青杉和红松？看来不大容易，我想想看吧。"秀男诧异地看着千重子。

"秀男先生，这还得请您原谅。"

"哪里谈得到原谅……"

"这个……"千重子不知怎么说才好，"前夜祭那晚，在四条大桥上，您说要给我织腰带，其实，那人不是我。您认错人了。"

秀男说不出话来。他简直不能相信，顿时神情沮丧。正是为了千重子，他才呕心沥血设计图案的。难道千重子这是表示婉拒的意思么？

但是，无论如何，千重子的措辞，她的态度，令人有点费解。秀男多少恢复一些他刚强的个性。

"那么说，我见到的竟是小姐的幻影了？是跟千重子小姐的幻影说的话？难道说祇园会上居然出现了幻影？"不过，秀男还没有说成是他"意中人"的幻影。

千重子庄容说道：

"秀男先生，当时同您说话的，是我妹妹。"

"……"

"是我妹妹。"

"……"

"我也是那晚头一次遇见她。"

"……"

"关于妹妹的事，我连父母都还没告诉。"

"什么?"秀男吃了一惊。他简直闹糊涂了。

"那个出北山圆杉木的村子，您知道吧? 她就在那儿干活。"

"唔?"

他惊讶得一句话也说不出来。

"中川町您知道吧?"千重子问。

"嗯，乘公共汽车曾经从那儿经过……"

"请您给她织一条带子吧。"

"哎。"

"给她织吧?"

"哎。"秀男不无怀疑地点头答应，"所以，您方才说要红松和青杉的图案?"

千重子点点头。

"好吧，不过，是不是跟她的生活太切近了些?"

"那要看您设计得如何了。"

"……"

"她一辈子都会当件宝贝的。妹妹名叫苗子，不是有山有地人家的姑娘，所以很能干。比我坚强得多……"

秀男仍有些迷惑不解，但还是说：

"因为是小姐您要我织，我一定把它织好。"

"我再啰嗦一遍，是给苗子姑娘的。"

"知道了。可是，她怎么同千重子小姐那么相像呢?"

"我们是姐妹么。"

"即便是姐妹也……"

千重子还不便告诉秀男，说她们是孪生姊妹。

夏天的庙会上，衣衫本来轻便，再加灯光下，秀男把苗子错看成千重子，未必就是看花了眼的缘故。

古色古香的木格窗外，还围着一道木格栅栏，中间摆着坐榻，店堂开间很深——这种格局现在看来，或许是从前遗留下来的，但毕竟是堂堂京式老字号的绸缎批发商。作为这样一家批发商的小姐，同一个在北山杉村里做工的姑娘，怎么会是姐妹呢? 秀男感到不可思议。然而，这事他又不便深问。

“带子织好后，是送到府上来吗？”秀男问。

“这个……”千重子沉吟了一下，“能不能请您直接送给苗子呢？”

“当然可以。”

“那就这么办吧。”千重子的嘱托里，似乎另有深意。“就是路远一些……”

“哦，远不到哪儿。”

“真不知苗子会多高兴。”

“她肯收下吧？”秀男的疑虑也不无道理。苗子大概会感到意外的。

“我先跟苗子说好。”

“是吗？那好吧……我一定送去。家住在哪里？”

千重子也不知道。“是苗子住的地方么？”

“嗯。”

“我先打电话或写信告诉她。”

“是吗？”秀男说，“虽说有两位千重子小姐，我还是作为小姐您的带子用心去织，然后亲自送去。”

“太多谢了。”千重子低头致谢，“那就拜托了。您觉得奇怪吗？”

“……”

“秀男先生，腰带不是给我织的，是请您给苗子织的。”

“嗯，我知道了。”

过了一会儿，秀男走出店门，仍是百思不得其解。不过脑子里未尝不在琢磨腰带的图案。假如画山上的青杉和红松而不大胆创新，拿给千重子用，恐怕太素净了。秀男的心里，仍当它是千重子的腰带。换句话说，倘若看作是苗子姑娘的腰带，那万万不能同她的劳动生活太切近。方才对千重子也这么说过。

在四条的大桥上，自己遇到的不知是叫“千重子的苗子”，抑或是叫“苗子的千重子”？他想到桥上走走，两脚便朝那里走去。白日里阳光灼热，秀男站在桥上，凭栏闭目，竭力不去理会人群的嘈杂和电车的轰鸣，他想倾听那低到欲无的淙淙流水。

千重子今年没有去看大字篝火①。母亲难得随父亲一起去看热闹，千重子便一个人留下来看家。

父亲他们和附近两三家相熟的批发店，在木屋町二条南的一家茶楼包了一个凉台。

八月十六日的大字篝火，是在盂兰盆会最后一天为超度祖

————————

　　①　每年八月十六日晚，在京都东山如意峰山腰上遍燃篝火，远看成一“大”字，故名大字篝火。

先亡灵而点的。从前的风俗，是那天夜里把松明火把抛到空中，表示送游魂回归冥府。山上烧篝火，据说就是沿袭这一风俗而来的。

实际上点篝火的有五座山，东山如意峰上点的才叫"大字篝火"。靠近金阁寺的大北山上的，叫"左大字篝火"；松崎山上的是"妙法篝火"；西贺茂的明见山，是"船形篝火"；上嵯峨山那里叫"牌楼篝火"，共是五山篝火。当晚要依次点燃起来，大约烧四十分钟光景。这期间，市内的霓虹灯和广告灯全都熄灭。

篝火点起来后，从那一片山色和夜色中，千重子感到了秋色。

比大字篝火早半个月，立秋的前夜，下鸭神社里有越夏神事。

以前为了看"左大字篝火"什么的，千重子常约几个朋友登上加茂川的堤堰。

大字篝火之类，她从小就已经看惯了。但是心里仍惦记着："今年的大字篝火也……"正当妙龄，更加多愁善感。

千重子走到店外，同邻居的孩子围着坐榻玩。小孩子对大字篝火似乎不大在意，觉得放烟火才更有趣。

可是，今年夏天的盂兰盆会，千重子新添一桩伤心的事。

因为祇园会上遇见苗子，苗子把亲生父母早就过世的事告诉了她。

"对了，明天去看看苗子吧。"千重子思量着，"秀男织腰带的事，也得同她说好……"

翌日下午，千重子换上一身素净衣服出门。——大白天里，千重子还没有见过苗子呢。

她在菩提瀑布那一站，下了公共汽车。

北山町眼下正是繁忙的季节。男人家已经开始剥杉树皮，树皮堆得老高，四处还摊了一片。

千重子正在游移，刚走了几步，只见苗子一阵风似的跑了过来。

"小姐，你来得可太好了。真的真的，来得太好了……"

千重子见苗子一身干活打扮，便问：

"不要紧么？"

"不要紧，我今儿个告了假。因为我看见你来了……"苗子气喘吁吁地说，"咱们上山到杉林里说说话去吧。谁也看不见咱们。"说着便拉着千重子的袖子。

苗子兴冲冲地赶忙解下围裙，铺在地上。丹波土布做的围裙，能围到腰后，大小足够两个人并排坐着。

"请坐吧。"苗子说。

"谢谢。"

苗子摘下包头巾，用手拢了拢头发说：

"真的，你来了，可太好了。我真高兴极了……"目光亮晶晶的，看看千重子。

泥土的气息和着杉树的清香，杉山一片芳馨，浓烈袭人。

"到了这儿，下面就看不到我们了。"苗子说。

"我喜欢这美丽的杉林，偶尔也上这儿来过。可是钻进杉树林里，这还是头一次呐。"千重子放眼向四周望去。杉树差不多一般粗细，笔直地矗立在两人的周围。

"这些都是人工培植的。"苗子说。

"是么？"

"这些树大概上四十年了。可以伐下来做柱子什么的。要是老这么长下去，不晓得能不能长到上千年，老粗老高的？有时我就这么想。不过，我更喜欢原始森林。可村里却像种花那么侍弄着……"

"……"

"世界上要是没有人，就不会有京都这座城，到处都会是一片原始森林或是杂草丛生的荒原。这一带就该成了麋鹿和野猪的天下，你说是不？这世上怎么会有人的呢？人哪，真是可怕呀……"

"苗子，你常想这些事么？"千重子感到惊愕。

"嗯，偶尔这么想想……"

"你讨厌人么？"

"我顶喜欢人……"苗子回答，"没有什么能像人那么叫我喜欢的了。要是世上没有人，那该成什么样子呢？有时躺在山上打过一阵瞌睡，我会突然这么想……"

"这不正是藏在你心里的厌世念头么？"

"我顶不喜欢厌世什么的。每天我都快快活活地干活……"

不过，两个姑娘所在的杉林，骤然间幽暗下来。

"下阵雨了。"苗子说。雨水积在杉树梢头，变成很大的水珠，从叶子上落下来。

随之而来的，是一阵轰隆隆的雷鸣。

"好怕人！"千重子脸色发青，抓住苗子的手说。

"千重子，你把腿蜷起来，缩得小一点。"说着，苗子伏在千重子身上，几乎把千重子整个儿给遮住了。

雷声愈来愈令人惊怖，电闪雷鸣一阵紧似一阵。那声响大有山崩地裂之势。

而且，近在咫尺，宛如就在两个姑娘的头上。

雨点唰啦啦地打在杉树梢上，闪电的光把大地照得雪亮，也照在两个姑娘周围的杉树干上。美丽挺拔的树干刹那间显得幽阴可怖。猝不及防，又是一阵雷鸣。

"苗子，雷好像要劈下来了。"千重子把身子缩作一团。

"也许会劈下来。不过，劈不到咱们头上。"苗子用力地说，"怎么会劈下来呢！"

于是用身子把千重子遮得更严了。

"小姐，你头发湿了一点。"说着用手巾把千重子脑后的头发揩了揩，然后叠成两折，盖在千重子的头上。

"雨点也许会淋透，可是雷决不会劈到小姐头上或是身旁的。"

性情刚毅的千重子，听了苗子镇定自若的声音，才稍稍放下心来。

"谢谢……真得谢谢你。"千重子说，"你遮着我，自己却给淋湿了。"

"干活穿的衣裳，不要紧。"苗子说，"我高兴极了。"

"你腰上发亮的，是什么呀？"千重子问。

"哎呀，我真大意。是镰刀。刚才在路边刮杉树皮，一看到你就奔过来，竟把镰刀也带来了。"苗子发现腰上的镰刀后说。

"好险！"说着把镰刀扔到远处。是一把没有木柄的小镰刀。

"回去时再捡吧。可我真不想回去……"

雷声从两人的头上响了过去。

千重子完全想象得出，苗子用身体庇护自己的姿态。

纵然是夏天，山里下过阵雨，连指尖都是冰凉的。可是苗子从头到脚遮着千重子，把体温也传给了千重子，一直暖到她心上，有种说不出的亲密和温暖。千重子感到幸福，闭起眼睛半晌没动。

"苗子，太谢谢你了。"千重子又说，"在娘胎里，大概你也是这么护着我的。"

"我想准是你推我，我踢你的。"

"可不是。"千重子笑了起来，笑声充满了手足之情。

雷声停了，阵雨也随着过去了。

"苗子，多谢你了……雨停了吧?"千重子在苗子身下动了动，想站起来。

"停了。不过先别动，再这么待一会儿。树叶上还在滴水呢……"苗子仍旧遮着千重子。千重子用手摸了摸苗子的后背。

"看你都湿透了，不冷么?"

"我已经惯了，不碍事的。"苗子说，"你来了，我太高兴了，浑身直发热。你也淋湿了一点。"

"苗子，爸爸从杉树上摔下来，是在这一带么？"千重子问。

"不知道。那时我还是小毛头呢。"

"妈妈的老家在哪儿？外公外婆身体都好么？"

"也不知道。"苗子回答说。

"你不是那儿长大的么？"

"小姐，干吗要打听这些事呢？"经苗子这一诘问，千重子倒噤住了。

"你没有这些亲戚。"

"……"

"只要你认我这个妹妹，我就千恩万谢了。祇园会上我真不该多这个嘴。"

"不，我很高兴。"

"我也是……可是，苗子不会到小姐家的店里去的。"

"你来吧，我要好好招待你。还要告诉爸爸妈妈……"

"千万别说。"苗子强调地说，"倘若小姐像今天这样遇到什么难处，我就是豁出命来也要保护你……你该明白我的意思啦。"

"……"千重子的眼睛一热，说道：

"我说，苗子，前夜祭那晚，人家把你当成我，让你为难了吧？"

"哦，是说什么腰带的那个人吧？"

"那个年轻人是西阵那儿织腰带的。人很靠得住……他说要给你织条腰带，是吧？"

"因为他把我当成你了。"

"最近他把那带子的图样拿来给我看了，我就告诉他，那不是我，是我妹妹。"

"什么？"

"我便求他给我妹妹苗子也织一条。"

"给我？"

"你不是答应过他么？"

"那是他认错人的缘故。"

"我请他给我织一条，也给你织一条。作为咱们姐妹一场的纪念……"

"我……"苗子感到十分意外。

"倒不是因为祇园会上你答应的缘故。"千重子温柔地说。

苗子的身子方才还护着千重子，现在忽然有些发僵，一动不动。

"小姐，要是你碰到什么难处，我会心甘情愿什么都替你做的。可是要我替你接受别人的礼物，那我可不愿意。"苗子干脆地说，"那太难堪了。"

"不是替我。"

"是替你。"

千重子在想，怎么才能劝苗子同意。

"难道我送你，你也不收？"

"……"

"是我要送你，才叫他织的。"

"恐怕不是这么回事。前夜祭那晚，人家认错了人，说是要送你一条腰带。"停了一下苗子转了话题说，"那个织带子的，那个织匠，可是非常地爱慕你呀。我好歹也是个女孩儿，所以我知道。"

千重子顾不得害羞，说道：

"要是那样的话，你就不肯收？"

"……"

"我说了，你是我妹妹，特意请他织的……"

"那我就收下吧，小姐。"苗子终于让步答应了，"尽说些废话，请别见怪。"

"带子由他送到你家里，你住在哪儿呢？"

"住在村濑家。"苗子说，"带子一定会是上好的，像我这种人，有机会系么？"

"苗子，一个人的将来谁能料得定呢。"

"可不，这倒是。"苗子点点头说，"我倒不想有什么出头之日……这带子即使没有机会系，我也要当作宝贝珍藏起来。"

"我们柜上不卖腰带，回头我可以挑一套和秀男织的腰带相配的和服送你。"

"……"

"爸爸人很古怪，最近生意上的事，越发提不起精神去管。像我们这种批发店，往后也不能尽卖高档货。现在市面上化纤织品和毛料什么的，也慢慢多起来了……"

苗子抬头看了看树梢，从千重子背上直起身子。

"还有点水滴落下来……可你这么窝着太不舒服了。"

"没什么。多亏你……"

"生意上的事，你不好帮着照管一下么?"

"我?"千重子像触着了痛处，站起身来。

苗子的衣服淋得精湿，贴在身上。

苗子没有送千重子到车站。不是因为衣服湿，大概是怕引起别人注意。

千重子回到店里，母亲正在过道里头给伙计准备下午的茶点。

"回来了？"

"回来了，妈。今儿个回来得晚了……爸爸呢？"

"进了挂幔帐那间屋，不知在想什么。"母亲凝视着千重子说，"你到哪儿去了？衣裳也湿了，都打皱了，去换换吧。"

"哎。"千重子上了后楼慢慢换着，又坐了片刻。下楼时，母亲已经把下午三点钟吃的茶点给伙计送过去了。

"妈。"千重子的声音微微发颤，"有件事我想先告诉妈一个人……"

繁子点点头："到后楼上去吧。"

这样一来千重子反而不大自然起来，便问：

"这儿下过阵雨么？"

"阵雨？没下过。你要告诉我的，怕不是下阵雨的事吧？"

"妈，我上北山杉的村里去了。那儿有我一个姐妹……也不知道是姐姐还是妹妹，跟我是双胞胎。今年祇园会上头一次遇见。听她说，父母他们早就去世了。"

当然事出繁子的意外。她只是盯着千重子的面孔，"北山杉的村里……哦？"

"这事我不能瞒着妈。祇园会那次连今天，我们一共只见过两次面……"

"还是个女孩儿呐？现在在干什么呢？"

"在村里帮工，干活。挺好的一个姑娘。她不肯到咱家来。"

"嗯。"繁子沉吟了一下，"知道了这事也好。那么，千重子你……"

"妈，千重子是妈的孩子。还像过去一样，让我做你们的孩子吧。"她神情恳切地说。

"这还用说。千重子就是我的孩子，都已经二十年了。"

"妈……"千重子把脸伏在繁子的腿上。

"其实呢，打祇园会以来，就见你时常发愣，以为你喜欢上什么人了，妈还想问你来着。"

"……"

"领那姑娘到家里来一次好吗？等伙计下了班，晚上的时候。"

千重子在母亲腿上轻轻摇了摇头说：

"她不肯来。还管我叫小姐……"

"是吗？"繁子摸着千重子的头发说，"还是告诉妈好。长得和你很像么？"

丹波壶里的金钟儿，开始叫起来了。

松林苍翠

太吉郎听人说，南禅寺附近有座合适的房子出售。便想趁秋高气爽，出去散散步，顺便再看看房子，于是带上妻子女儿同去。

"你打算买下来吗？"繁子问。

"看了再说。"太吉郎蓦地发火说，"价码挺便宜，听说房子不大。"

"……"

"就是光散散步也好嘛。"

"好是好……"

繁子心里很不安。买下那座房子，往后家里店里要天天来回跑么？——中京的批发商大街，近来也像东京的银座或是日本桥那样，老板另外住，每天去店里上班的也多起来了。要是那样倒也好，太记老店生意虽然日渐萧条，另外买座小房子，这点余裕总还有的。

但是，太吉郎的心思，该不会是把店盘掉，从此"隐居"在那座小房子里吧？趁手头还宽裕，赶早打主意也许更好。可是，住在南禅寺的小房子里，丈夫何以为生呢？人已经年过半百，也该让他过两天称心如意的日子才是。把店盘掉，数目会很可观。要是坐吃利息，不免有种恐慌之感。倘使能请人拿这笔钱好好周转，自能安乐度日。然而，在繁子心目中，一时之间还想不出有这样的人来。

母亲这里心事重重，虽未形之于口，女儿千重子早已察觉到了。千重子还太年轻，看着母亲的目光，流露出一缕怜恤之情。

与此相反，太吉郎却没事似的，高高兴兴，快快活活的。

"爸爸，既然到那一带散步，咱们从青莲院那儿绕一下好吗？"千重子在车上央求说，"只在门口经过一下就行……"

"哦，樟树，你想看看樟树吧？"

"嗯，"父亲这么机敏，千重子很惊讶，"是看樟树。"

"去，去。"太吉郎说，"爸爸年轻时，常会同三朋四友，在那儿的大樟树下谈天说地。——现在是故旧星散，一个都不在京都了。"

"……"

"到了那儿，处处叫人回首往事啊。"

千重子任凭父亲追怀他的青春年华，隔了一会儿说：

"我从学校毕业后，白天还没看过那儿的樟树呢。"接着又说，"爸爸，您知道晚上游览车的路线么？参观寺庙，青莲院算一座，汽车一开进山门，就有几个和尚提着灯笼出来迎接。"

　　长长一段甬路，直通庙门，僧众几人提灯引路，要说情趣，仅此而已。

　　照导游指南的介绍，青莲院的僧尼会奉淡茶待客。可是千重子笑着说，到了大厅以后，"茶倒有，好些僧尼端着一张大木托盘，上面摆了许多粗瓷茶碗，放下就赶紧走开了。"千重子接着又说：

　　"也许还有尼姑夹在里面，可是，快得简直叫人来不及看上一眼……真扫兴，茶也是半冷不热的。"

　　"那有什么办法。要是客客气气，岂不是要耽搁工夫吗？"父亲说。

　　"嗯，这还算好。宽敞的大院里，四面八方打着照明灯，居然有和尚站在院当中，长篇大论地演说，虽说是介绍青莲院，真也是口若悬河。"

　　"……"

　　"走进庙堂，各处都能听见古琴悠扬，我和同学说，不知是有人在弹奏，还是放的留声机……"

　　"嗯。"

　　"后来我们还去祇园看舞伎来着。在歌舞排练场上给跳了两三段舞。哎呀，舞伎叫什么来着？"

"叫什么？"

"腰带倒是垂下来的，衣裳可挺寒酸的。"

"唔？"

"接着又从祇园上岛原的角屋去看花魁。花魁穿的衣裳什么的，大概货色很地道，使女也打扮成那样。在粗大的蜡烛的光下，表演了一下喝酒的样子，那叫交杯酒吧？然后在门口的泥地上，还按照花魁的步法走了几步给我们看。"

"唔？能看到这些，就很不简单了。"太吉郎说。

"可不是么。要说有趣，就数青莲院的和尚提灯给客人引路，再就是岛原的角屋。"千重子说，"我记得以前好像告诉过你们……"

"什么时候带妈也去看一次。角屋啦，花魁啦，我还从来没见过呐。"母亲说话的工夫，车已经到了青莲院前。

千重子怎么会想到要去看樟树的呢？是因为上一次在植物园樟木林荫道上散过步，还是因为北山杉是所谓人工栽培的，所以她才更加喜欢天然成趣的大树呢？

青莲院入口处的石墙上，只长了四棵樟树。其中，眼前的一棵似乎是棵古稀老树了。

千重子一家三口对着那棵樟树，默默地眺望着，大樟树虬枝横空，盘缠纠结，形状古怪。目不转睛地看着看着，觉得似乎蕴有一股可怕的力量。

"行了吧？走吧！"太吉郎说着便朝着南禅寺走去。

太吉郎从怀里掏出钱夹，找出一张画着去空房的路线图。一面看一面说：

"我说千重子，这樟树，我不大清楚，是不是宜于长在温暖的南国？热海和九州那边就挺多。这里的虽然是老树，你不觉得像个大盆景吗？"

"京都又何尝不如此呢？山也罢，河也罢，人也罢……"千重子说。

"唔，是吗？"父亲点了点头，又说，"未必人人都如此吧？"

"……"

"无论是今人还是历史上的古人……"

"倒也是。"

"照你这么说，日本这个国家不也如此吗？"

"……"千重子思忖着，父亲的话从大处看，确乎如此。她便说，"但是，爸爸，仔细看一下那樟树干，那横空伸张的枝丫，您难道不觉得有股强劲的生命力，令人望而生畏么？"

"这话很对。你一个年轻女孩子家，怎么竟想这种事？"父亲回头看了一眼樟树，然后凝目望着女儿说："的确像你说的。正如千重子又黑又亮的头发在长一样……爸爸已经变得迟钝了，老朽了。不过，你的话倒很有见地。"

"爸爸!"千重子深情地喊着。

站在南禅寺的山门口，朝院内望去，寥廓空寂，照例不见几个人影。

父亲看着去空房的路线图，朝左拐去。房子确实很小，围墙却很高，院子也深，走进窄小的院门，到房门口的小径两侧，长着长长一溜胡枝子花，正开着白花。

"呀，好美!"太吉郎伫立在门前，看那白胡枝子花，简直看迷了。可是，当他看见邻居家隔壁那座大房子，是家包饭的旅馆时，便已无意再看房子了。

然而，这一簇簇白胡枝子花，使他流连忘返。

太吉郎有一晌没来过这里，看到南禅寺前面的大街上，骤然之间许多人家变成旅馆，先已感到惊讶。其中有的经过重新翻修，改成接待团体旅客的大旅社，外省来的学生进进出出，闹闹哄哄的。

"房子好像挺好，可是不行。"太吉郎站在胡枝子花的那家门口，嘟哝着。

"看这势头，总有一天整个京都都要变成旅馆了，就像高台寺那一带似的……大阪和京都之间成了工业区，京西一带还有空地，虽然不大方便，却也不顾，附近不知要盖多少稀奇古怪、豪华时髦的房子……"太吉郎颓丧地说。

太吉郎也许依旧留恋那一簇簇的白胡枝子花，刚走了七八步，一个人又踅回去看。

繁子和千重子在路边上等他。

"开得真美啊！这其中难道有什么奥秘么？"太吉郎走回母女二人身旁时说，"要是用竹棍支起来就好了……倘若下雨，花叶要沾湿衣服，石径便走不得人了。"又说，"想必胡枝子花今年照旧盛开时，恐怕房主还无意于出售这座产业。到了非卖不可时，大概也就任其凋零败落了。"

母女二人默默无言。

"人就是这么回事。"父亲神情为之黯然。

"爸爸，您这么喜欢胡枝子花么？"千重子强作欢颜，"今年是来不及了，明年我给爸爸设计一件有小碎花的衣料，用胡枝子花做图案。"

"胡枝子花是女人家穿的花样。那是用来做女人单衣的。"

"我想试一下，既不是妇女穿的花样，也不是单衣花样。"

"唔？小碎花，做内衣么？"父亲看着女儿，笑着掩饰说，

"爸爸设计一件樟树花样的和服或和服外褂给你穿，作为酬劳。
穿上这种花样该像个怪物了……"

"……"

"正好是男女颠倒。"

"没有颠倒。"

"穿着樟树打底的和服，像怪物似的，你能上街么？"

"能，哪儿都能去。"

"嗯。"

父亲低头，似在沉思默想。

"千重子，我并非单单喜欢白胡枝子花。不论什么花，不论
何时何地，看了总叫我动心。"

"这倒是。"千重子答道，"爸爸，龙村离这儿很近，既然到
了这儿，我想顺路去看看……"

"哦，那家店是专门对外国人的……繁子，你看怎么样？"

"千重子想去就去吧。"繁子爽快地答应说。

"唔。那儿可不出售龙村的腰带……"

那附近的下河原町，是高等住宅区。

千重子一走进店里，就一一打量摆在右面的一卷卷丝绸女
衣料，看得很细心。这些都不是龙村的出品，是金纺的。

繁子走过来问："千重子也想穿西装么？"

“不，不是的，妈。我想知道一下外国人喜欢什么样的丝绸。”

母亲点了点头，站在女儿身后，不时伸手摸摸衣料。

正中的店堂和廊下，陈列一些仿古衣料，大部分仿的是正仓院藏品，有些是古代衣料。

这些都是龙村的出品。龙村曾举行过几次展出，收藏的古代衣料及其图录，太吉郎都看过，印象颇深，名称也全都知道，但仍情不自禁又细细地看起来。

“敝号想叫外国人见识见识，日本也能织出这样的精品。”一个认识太吉郎的店员说。

这话以前来的时候，也曾听说过，这次太吉郎听了仍是点了点头。看到仿唐代的丝绸制品，太吉郎说：

“古代真了不起啊……都上千年了吧?”

这里成匹的仿古衣料大概不会出售。——有织成女用腰带的，太吉郎很喜欢，曾给繁子和千重子买过几条，可是这家店看来是面向洋人，没有腰带出售。大件商品不外乎台布之类。

玻璃柜里摆着手提袋、钱包、烟盒、绸巾等一些小物件。

太吉郎买了两三条不像龙村出品的龙村领带和一只菊花绉

钱包。"菊花绉"者，是把光悦①在鹰峰发明的一种叫"大菊花绉"的造纸工艺，应用于绸料上；这种工艺方法，时兴得还不太久。

"东北②有个地方，现在还生产一种钱包，是用结实的日本纸造的，跟这个很相似。"太吉郎说。

"是，是。"店里的人回答说，"不过，同光悦有什么关系，我们还不大清楚……"

里面的玻璃柜，陈列着索尼出的小型收音机，太吉郎一家人看了十分惊讶。即便是为了"赚取外汇"，摆在这里寄售，也太不伦不类了……

他们三人给让进后面的会客室里用茶。店员说，这些椅子，有好几位外国来的所谓贵客都坐过。

窗外是一簇杉林，虽然不大却很稀罕。

"这是什么杉?"太吉郎问。

"不大清楚……好像叫 guǎn ye 杉。"

"哪几个字?"

"花匠不识字，恐怕不准，大概是广叶杉三个字。据说本州南边才有这种树。"

---

① 全名为本阿弥光悦（1558—1637），江户初期艺术家。
② 即福岛、宫城、岩手、青森、山形、秋田六县的总称。

"树干的颜色……"

"那是青苔。"

小收音机响了，回头一看，有个青年正在向三四个外国女客作介绍。

"啊，是真一的哥哥。"说着，千重子站了起来。

真一的哥哥龙助，也迎着千重子走过来，向坐在会客室椅子上的千重子的父母鞠了一躬。

"你给那几位太太作导游么?"千重子说。两个人走近之后，千重子觉得龙助同性情随和的真一不同，有种凌人之势，叫人说不出话来。

"谈不上是导游，因为我朋友给她们作翻译，他妹妹突然死了，我临时代三四天。"

"哦，他妹妹……"

"是的。比真一小两岁，是个可爱的姑娘……"

"……"

"真一英语不大灵，又腼腆。只好我来……这家商店也无须翻译……再说，客人到这里来也只买些小收音机什么的。这些美国太太都住在京城饭店。"

"是么?"

"京城饭店离这里很近，顺便进来看看的。好好看看龙村的纺织品也行，倒看起小收音机来了。"龙助低声笑笑说，"反正也无所谓。"

"这里陈列收音机，我也是头一次看到。"

"小收音机也罢，龙村丝绸也罢，一个美金就是一个美金，这没什么不同。"

"嗯。"

"方才在院子里，池里有各种颜色的金鱼，我心里正发愁，要是细究细问起来，我该怎么讲解才好。幸而她们只是一迭连声地嚷漂亮呀漂亮的，倒帮了我的大忙。对金鱼，我也不大懂。金鱼的颜色，英文究竟怎么说才确切，也不知道。什么花斑金鱼啦，等等……"

"……"

"千重子小姐，出去看看金鱼好吗？"

"那几位女客怎么办？"

"让店员招呼她们好了，马上就到吃茶点的时间了，也该回饭店了。说是要会同她们的丈夫到奈良去。"

"那我跟父母说一声就来。"

"对了，我也向她们打个招呼去。"龙助回到女宾身边，不知说了些什么。她们一齐朝千重子看过来。千重子不禁脸颊飞红。

龙助随即过来，带千重子走到院里。

两人坐在池边，看着美丽的金鱼游来游去，默然有顷。

"千重子小姐，对于贵掌柜——就股份公司来说，应该称专务董事或常务董事，你要给他点厉害看看。你办得到吧？要我给你助阵也行……"

千重子感到愕然，心里不由得揪紧了。

从龙村回家的当晚，千重子做了一个梦。——她蹲在池边，各色各样的金鱼聚在她的脚下。金鱼一条挨一条，有的泼剌翻跳，有的探头出水。

就是这样一个梦。梦见的全是白天的事。千重子把手伸进池里，搅起一圈圈的涟漪，金鱼便游近来。千重子自己也吃惊，对鱼群感到有说不出的喜爱。

站在身旁的龙助，惊讶的程度更甚于千重子。

"千重子小姐的手，难道有什么香气——灵气么？"龙助说。

千重子听了有些赧然，站起身来说："大概金鱼很快便能和人相熟的缘故。"

龙助目不转睛地看着千重子的侧脸。

"东山就在那边呐。"千重子躲开龙助的目光说。

"哦，你不觉得山色有些不同么？已经带些秋意了……"龙助回答说。

千重子醒来后，不记得梦里龙助在不在身旁，半晌没能入睡。

第二天，千重子很踌躇，龙助劝她给掌柜点"厉害看看"。她感到难以开口。

店快打烊的时候，千重子坐到账台前。账台是用矮格子栅栏围起来的，很是古朴。植村掌柜感到千重子气色不同寻常。

"小姐，有事吗？"

"给我看一下，有我穿的和服料子没有。"

"小姐穿的吗？"植村松了口气，"您要咱们柜上的？现在挑，是要年下穿的，还是出门做客穿的？要长袖子和服？那好说。小姐一向不是在冈崎染织店或是万记领子店订购吗？"

"把柜上的友禅绸拿给我看看，不是年下穿的。"

"行，行。有多少都拿出来让小姐过过目。也许能中小姐的意。"植村起身招呼两个伙计，耳语几句，三个人捧出十多块料子，在店堂里熟练地一块块摊开来。

"这块就行。"千重子当即挑中，"请在五天或一个星期之内给做得。里子什么的，您就看着办吧。"

植村给镇住了。"一方面要得太紧，另外，咱们店是批发商，很少拿活出去定做，不过，这也没什么。”

两个伙计灵巧地卷起绸料。

“这是尺寸。”千重子放在植村的桌上，然而没有立即走开。

“植村掌柜，店里的生意我想一点点学起来，熟悉熟悉。还得请您多指教。”千重子轻声细语地说，略微低了低头。

“不敢当。”植村神情颇不自在。

千重子沉静地说：

“明天也行，请把账拿给我看看。”

“账？”植村苦笑着说，“小姐要查账？”

“什么查账呀，我可没那么不知天高地厚。我想看看账，是因为不知柜上都做些什么生意。”

“是吗？要说账，可多得很呐，还有专对税务局的。”

“柜上做了两本账么？”

“瞧您说的，小姐！要干那弄虚作假的事，得请您小姐来。咱们可完全是光明正大。”

“明天就拿给我看吧，植村掌柜。”千重子口气很干脆，说完便从植村面前走开了。

“小姐，您还没出世，我植村就管这爿店哩……”见千重子头也不回，植村低声又咕噜一句：“岂有此理！”然后啧啧两声，说：“腰好痛哇!”

千重子走到正在做晚饭的母亲身边，母亲简直给她吓住了。

“千重子，你跟掌柜说这些，可了不得。”

“哎。妈，您辛苦了。”

“年轻人看着老实，也够吓人的了。妈这儿听着都要打哆嗦了。”

“这也是别人出的主意。”

“哦？是谁呀？”

“真一的哥哥，上次在龙村……真一他们柜上，一方面他父亲用心经营，另一方面又有两个好掌柜。所以龙助说，要是植村掌柜辞职不干，他们可以拨一个掌柜来，他亲自来也行。”

“龙助他本人么？”

“嗯。他说反正将来得做生意，研究院那儿随时都可以退学……”

“是么？”繁子望着千重子那光艳照人的面庞，“植村掌柜辞职，倒不必担心……”

“后来还说，在种白胡枝子花的那家人家附近，要有合适的房子，就叫他爸爸买下来。”

“哦!”母亲顿时说不出话来，“都怪你爸爸有些厌世的缘故。”

"可他说，爸爸这样不蛮好吗?"

"这也是龙助说的么?"

"嗯。"

"……"

"妈，我求您件事。也许您都瞧见了，让我把柜上的和服送一套给杉树村那姑娘好吗?"

"好的，好的。外褂也送一件怎么样?"

千重子忙移开目光，泪水涌上了眼帘。

为什么叫高机呢?固然因为手工织机比较高，不过，安装机器的时候，还要把地面浅浅地挖去一层，埋在土里。据说，土里的潮气对生丝无损有益。原先人要坐在高机上。现在是把筐里放上大石头，吊在机器的横头。

有的染织房里，手工织机和机械织机两种都用。

秀男家只有三台手工机器。兄弟三人各织一台，父亲宗助偶尔也上机器。这在小作坊不少的西阵那一带来说，就算是蛮不错的了。

千重子要的腰带，愈接近完工，秀男心里愈感到喜悦。一来是他苦心孤诣快要织得了，二来在机杼来去之中，轧轧的机声里，有千重子的倩影在。

不，不是千重子，是苗子。不是千重子的腰带，而是苗子的。然而，秀男织着织着，把千重子与苗子变成一个人了。

父亲宗助立在身旁看了一会儿说：

"嗬，好漂亮的腰带！图案很新奇呀。"侧了头又问，"谁家的？"

"佐田家，千重子小姐的。"

"图案呢？"

"千重子小姐设计的。"

"唔？千重子小姐她？当真吗？哦！"父亲蓦地一怔。看了看，又用手摩挲一下机器上的腰带。"秀男，你织得很密实，蛮好。"

"……"

"秀男，记得以前也跟你说过。佐田先生对咱们可是恩深义重呀。"

"听说过啦，爸爸。"

"哦，我说过啦？"宗助依旧喋喋不休地说，"我是织工出身，靠一个人白手起家。好不容易买了一台高机，而且一半是借的钱。织出一条腰带，就送到佐田先生柜上。光一条带子多寒碜呐，我就晚上偷偷送过去……"

"……"

"佐田先生从来没难为过我。现在机器有了三台，总算过得去了……"

"……"

"话虽如此，秀男，咱们的身份终究不比人家……"

"我知道，您说这些个干什么！"

"你好像看上了佐田先生家的千重子小姐……"

"这是怎么说的！"秀男说着又动手织起来。

腰带一织好，便赶紧上杉树村给苗子送去。

下午，北山那里先后出过几次彩虹。

秀男挟着苗子的腰带，一走到路上便看到了彩虹。彩虹虽宽，颜色却很淡，没有呈弯弓形。他停下脚步，仰望着，彩虹的颜色几乎淡到欲无。

公共汽车开进山峡之前，同样的彩虹秀男又看到两次。先后三道彩虹，形状都不完整，总有一处淡得很。虹本是司空见惯了的，可是……

"这虹不知是主吉还是主凶?"秀男今天心里不免有些惴惴。

天空并不见阴沉。进入峡谷时，那同样是淡淡的彩虹，仿佛又出现了，恰好被清泷川边的一座山遮住了，看不大清楚。

秀男在北山杉的村里下了车，苗子穿了一身劳动服，用围裙擦了擦湿手，赶紧走了过来。

苗子当时正拿菩提瀑布的沙子（毋宁说更像红褐色的黏土），在仔细搓洗圆杉木。

虽说刚刚十月，山水大概很凉了。在人工挖出的水沟里，圆杉木浮在上面，一头垒着简易炉灶，也许是热水外溢，热气升腾。

"劳您到这么一个山坳里来。"苗子弯腰行礼说。

"苗子小姐，您应许过的腰带，已经织得了，现在给您送来了。"

"是替千重子小姐许下的腰带吧？我不愿意再做别人的替身了。这么见一面就行了。"苗子说。

"这条带子您已经应许过，再说又是千重子小姐设计的图案。"

苗子低下头说："其实，秀男先生，前天千重子小姐店里送来一套衣裳，从和服直到草屐，全有了。那么漂亮，也不知几时才能穿得上。"

"二十二日时代祭那天穿好吗？出得来不？"

"没什么，出得来。"苗子毫不犹豫地说，"站在这里太惹人注目了。"沉吟了一下说，"到河边碎石滩那儿去吧。"

总不至于像上次和千重子那样，跟秀男一起躲进杉林里去。

"您织的带子我会珍惜一辈子的。"

"不必这样，我还会给您织的。"

苗子没有作声。

千重子送她和服，苗子寄居的那户人家当然知道，所以把秀男领到家去也未尝不可。如今，对千重子的身份和店铺，苗子已经大致有所了解，可谓夙愿已偿。因而，也就不愿再为些许小事给千重子添什么麻烦。

尤其是苗子寄居的村濑这户人家，在当地有山有林，颇为富足；苗子也不辞辛苦，拼命干活。即便千重子家里知道了，也不碍事。较之一爿中等的绸缎批发店，有山有树，也许家道更为殷实。

然而，同千重子一再来往，情谊弥笃，苗子打算以后要谨慎从事。因为千重子对自己的一腔热爱，她已深有所感……

所以，她才把秀男带到河边的碎石滩上。这清泷川的碎石滩上，凡是能种树的地方，全种上了北山杉。

"这地方太委屈您了，请别见怪。"苗子说。到底是女孩儿家，对腰带总是先睹为快的。

"好秀丽的杉山！"秀男一面抬头望着杉山，一面打开布包袱皮，解开纸绳。

"我的意思，这里打成鼓形结，这个要系在前面……"

“哎呀！”苗子摩挲着腰带说，“这给我太可惜了。”苗子眼睛放着光辉。

“一个初出茅庐的新手织的，有什么可惜！图案画的是红松和青杉，因为快到正月了，我只想到用红松打成鼓形结，而千重子小姐说要加杉树，来到这里一看，才恍然大悟。原先一听说杉树，便以为是什么大树、古木。但我故意画得纤巧一些，倒还画对了。红松的树干在色彩上也稍加渲染……”

当然，杉树干也不是按本色画的。形状和色彩都费了一番苦心。

“带子真好。太谢谢了……要是太花哨的，我这种人也没法系。”

“同千重子小姐送的和服相称吗？”

“我看挺相称的。”

“千重子小姐自幼便熟悉京式和服……这条带子还没给她看过。也不知怎么回事，有些难为情。”

“是千重子小姐设计的图案，怕什么的……我也该给她看看。”

“时代祭那天，就请穿来吧。”说着，秀男折起腰带放进衬纸里。

“请别客气，就收下吧。一方面是我愿织，同时也是千重子小姐的吩咐。您就把我当一个普通的织工好了。"秀男结完绳扣，对苗子说道，"不过，我可是真心真意给您织的啊。"

苗子默默无言地接过秀男递给她的腰带包，放在腿上。

"千重子小姐从小就长在和服堆里，这条腰带同她送您的和服，一定很相称，方才也说对……"

清泷川浅浅的溪水，从两人面前潺潺流过。秀男环视两岸的杉山说："正如我意想的那样，杉树干像工艺品似的簇立在那里，顶端的枝叶很像朴素的花朵。"

苗子脸上蓦地现出凄然的神色。父亲准是在树上一面剪枝，一面心疼被抛弃的婴儿千重子，向另一棵树跳时，一失脚摔下来的。当时，苗子同千重子同样是个婴儿，蒙昧无知，直到长大后，村里人告诉她才知道的。

而且，千重子——实际上连千重子的名字，她是生是死，以及虽是双胞胎，千重子究竟是姐姐还是妹妹，苗子都无从知道。她只是想，哪怕一次也好，但得能够相逢，能够从旁看她一眼。

苗子那间贫寒的小屋，像个窝棚，至今还荒废在杉树村里。一个姑娘家不便单独住在那儿。所以长久以来，一对在杉山里干活的中年夫妇和他们上小学的女孩借住在那里，当然苗子拿不到什么房租，小屋也不值得收房租。

只是上小学的女孩极其喜欢花，房前有一株美丽的桂花。

"苗子姐姐！"女孩偶尔来找苗子，问怎么侍弄。

"甭管它就行。"苗子说。可是每次走过小屋门前，苗子觉得老远就能比别人先闻到桂花香。这反而使苗子更加抑郁惆怅。

——苗子腿上搁着秀男的带子，格外感到沉甸甸的。她想起了种种往事……

"秀男先生，千重子小姐的下落既然知道了，我就不打算再去找她了。和服和腰带，只有这次，我收下就是，衷心地谢谢了……想来您能明白我的意思。"苗子真挚地说。

"是的。"秀男说，"时代祭那天，就请来吧。让我看看腰带系在您身上是什么样子。千重子小姐我就不请了。祭祀的队伍从皇宫出发，我在西面蛤御门那里等您，这样好吗？"

苗子双颊微微红了起来，半天才深深点了点头。

对岸河边有棵小树，叶子红彤彤的，映在水中，轻摇款摆。秀男举目望去，问道：

"那边树叶红艳艳的，是棵什么树？"

"漆树。"苗子抬头看了看说。顺便又用微颤的手理一理头发，不知怎的，一头黑发竟散了开来，披到肩上。

"哎呀！"

苗子红着脸，绾起头发，拢了上去，发卡咬在嘴里，一一别好，有的发卡掉在地上，不够用了。

秀男看着她的风姿和举止，觉得有说不出的娟秀俊美。

"您留长头发？"

"嗯，千重子小姐也没剪短。她梳得好，叫你们看不出来……"说着苗子赶忙用手巾包上头发说，"让您见笑了。"

"……"

"在这儿我只顾得给杉树打扮，自己却从不化妆。"

不过，仍是淡淡地涂了一点口红。秀男真希望苗子能把头巾再摘下来，让长长的黑发披到肩上给他看看。可是他不能这么说。看见苗子慌忙拿手巾包头，便觉得没法开这个口。

溪谷狭窄，西面山头天色渐暗。

"苗子小姐，我该告辞了。"秀男说着站了起来。

"今儿的活马上就该收工了……天时短起来了。"

溪谷东面的山坡上，株株杉树亭亭玉立。秀男从树干之间，望着金色的晚霞。

"秀男先生，谢谢您。实在太谢谢了。"说着略微作个收下带子的姿势，站了起来。

"要道谢，请向千重子小姐道谢吧。"秀男说。给这位杉山姑娘织腰带的那份喜悦，在他心里已化作一缕柔情。

"再啰嗦一句，时代祭那天，请您务必来。在皇宫西御门，也就是蛤御门那儿见。"

"嗯。"苗子深深颔首，"这样的和服和腰带，我还从来没有上过身，有点怪不好意思的……"

十月二十二日的时代祭，同上贺茂神社和下贺茂神社的葵花祭以及祇园会一样，在庙会繁多的京都说来，是三大庙会之一。虽然祭典在平安神宫举行，但游行队伍却是从京都皇宫出发的。

苗子从一清早便坐立不安，提前半小时便到了皇宫的西御门，在蛤御门的背阴处等候秀男。等待一个男子，在她还是生平头一次。

所幸天晴，长空一碧。

平安神宫是在京都奠都一千一百年之际，于明治二十八年才修建的，所以在三大庙会之中，不消说历史最短。由于庙会是为庆祝京都定为京城，所以列队着意于表现京城千年风俗的变迁。游行队伍里穿着各时代的装束，有的还扮成历史上的一些名人。

例如：和宫、莲月尼、吉野花魁、出云阿国、淀君、常盘夫人、横笛尼、巴夫人、静夫人、小野小町、紫式部、清少纳言等。

此外，还有卖柴女和巫女。

前面列举的是名姬贵妇，其中杂有倡优女贩。至于楠正成、织田信长、丰臣秀吉，以及王朝的公卿武将，更是不在话下。

游行队伍相当之长，宛如一幅京都风俗画卷。

女子加入游行队伍，据说始自一九五〇年，从而使得庙会更加绚丽多彩，锦上添花。

队伍的先头由明治维新时期的勤王队和丹波北桑田的山国队开路，压轴的是延历时代文官参朝的队伍。回到平安神宫后，要在凤辇前致祈祷文。

队伍从皇宫出发，所以在皇宫前的广场上看热闹最好。秀男约苗子到皇宫来正是出于这个考虑。

苗子在皇宫门后等着秀男。人群熙攘，谁也没有留意她。只有一个中年的老板娘，径直走过来说："小姐，这腰带真漂亮。是在哪儿买的？跟这身衣裳很配……对不起，"说着便想伸手摸一摸，"能不能让我看看你身后的鼓形结？"

苗子转过身去。

"咦？"经人这么一看，苗子心里反倒踏实下来。因为她有生以来，从未穿过这样的和服，系过这样的腰带。

"你久等了吧？"秀男来了。

靠近队伍出场的席位已被朝拜团体和旅游协会所占据，紧挨着他们的是观礼台。秀男和苗子便站在观礼台的后面。

苗子头一次站在这么好的位置上，不觉忘了秀男和新衣裳，专心看着游行。

她蓦然发觉，便问：

"秀男先生，您看什么呢？"

"看松林的苍翠。你看那队伍，给松林的苍翠一衬托，格外醒目。在皇宫宽阔的庭院里，有一片黑松吧，我最喜欢了。"

"……"

"有时也侧眼看你一眼，可你没发觉。"

"您真是的。"苗子低下了头。

深秋里的姐妹

在京都众多的庙会里，比起大字篝火，千重子更喜欢鞍马山的火祭。因为离得不远，所以苗子也去看过。那时，在火祭上，即便两人对面相逢，恐怕也不相识。

去鞍马山朝拜的路上，家家户户要树枝分隔，房檐上洒好水，在半夜里点起大大小小的松明火把。

上山朝拜时，一路上齐声吆喝着"美哉，祭礼！"火焰熊熊，两乘神舆一抬出来，村（现在是镇）里的妇女全部出动，拉着神舆的绳子。最后献上大松明火把。仪式一直延续到天亮之前。

可是今年，这个有名的火祭取消了。说是为了节约。火祭不举行了，伐竹祭还照旧。

北野天神庙里的"芋茎祭"今年也不举行了。芋头收成不好，没有芋茎可做神舆。

京都鹿谷的安乐养寺有"南瓜供"，莲华寺有"黄瓜祭"，这些祭典多不胜数。这些既能展示古都的风貌，同时也可表现京都人的一个侧面。

近年来，重新恢复的仪式有岚山河里龙舟上的极乐鸟，上贺茂神社庭院里的曲水之宴等。这些仪式都是当年王朝贵族的风流盛事。

所谓曲水之宴，是身着古装坐在溪边，在酒盏漂至之前，吟诗作画，或挥毫疾书，酒杯一经到了跟前，便举觞一饮而尽，然后再让杯盏漂走。这些事全由书童来服其劳。

这个仪式自去年开始举办，千重子曾去瞻礼过。坐在王朝公卿之前的，是诗人吉井勇（现已作古）。

因为是刚恢复的仪式，一般人还不太熟悉。

岚山的极乐鸟，千重子今年没有去看。觉得没有什么古趣可言。在京都，古趣盎然的仪式，简直多得看不胜看。

　　——母亲繁子一直亲自操持家务，也许是母亲教养的结果，也许是千重子天性如此，她也一向清早即起，擦拭门窗什么的。

　　"千重子，时代祭那天，你两个好快活呀！"早饭吃完刚收拾好，真一来了电话。看来，真一也认错人了，把苗子当成千重子。

　　"你也去了？打个招呼多好……"千重子缩了缩肩。

　　"我倒想来着，哥哥不让。"真一不存芥蒂地说。

　　千重子委决不下，要不要告诉他认错了人。从真一的电话来看，苗子大概穿上千重子送的和服，系上秀男织的腰带，去看时代祭了。

　　苗子的伴，准是秀男。陡然之间，颇出千重子的意料之外，一转念，心里感到一丝温暖，脸上不禁浮出笑容。

　　"千重子，千重子！"真一在电话里叫道，"你怎么不作声？"

　　"打电话的是你呀！"

　　"得了，得了。"真一笑了起来，"掌柜在吗？"

　　"不在，还没来……"

　　"你没感冒吧？"

　　"听出像感冒的声音么？我正在门外擦格子门呐。"

"是么?"真一好像摇了摇听筒。

千重子朗声笑了。

真一压低声音说:"电话是哥哥叫打的。现在他来接……"

和龙助说话,千重子不像同真一那么轻松。

"千重子小姐,掌柜那里,你试探了没有?"龙助劈头便问。

"试探了。"

"嗬,了不起!"龙助加重语气又说,"了不起!"

"母亲无意中也听见了,当时还挺提心吊胆的。"

"是吗?"

"我对掌柜说,我要了解一下柜上生意的情形,想一点点学起来,把账本都拿给我看看。"

"嗯,说得好。哪怕光是这么说说,局面就会不一样。"

"后来,连保险柜里的存折、股票、债券这些东西,也一股脑儿全让他拿了出来。"

"好,了不起! 千重子小姐,真了不起!"龙助忍不住说,"想不到你这样一个温柔的小姐……"

"全仗龙助先生的指点……"

"倒不是我指点,是附近同行之间有些风言风语。本来打算,要是千重子小姐谈不成功,家父或是我准备来一趟。但小姐这一手来得顶漂亮。掌柜的态度想必不同了吧?"

"是的，有那么一点。"

"我猜也是。"电话里，龙助沉默了好一会儿才又说，"这一手，来得漂亮。"

千重子感到，龙助在电话里好像为什么事正在迟疑。

"千重子小姐，今天中午我想来府上拜访，不知方便不方便？"又补充说，"真一也来……"

"这有什么不方便的，我又没什么大不了的事。"千重子说。

"年轻小姐嘛！"

"您真是的！"

"怎么样？"龙助笑着问，"趁掌柜也在，我过来一趟。我想来看一眼。不必担心，我就看看掌柜的态度如何。"

"啊？"千重子说不出话来了。

龙助家的生意，是室町这一带的大批发商，在同行里颇有势力。龙助虽然还在大学研究生院念书，店家的声势，自然也使他身上有种威严。

"现在正是吃元鱼的时令。我在北野的大市订了座，想请你赏光。若连令尊令堂一起请，未免太不自量，所以只请你一个人……我家的童子小哥也去。"

千重子慑于他的气势，只应了一声：

"嗯。"

真一在祇园会上扮成童子，乘在插长刀的彩车上，已经是十多年前的事了。可是至今，哥哥龙助有时仍要半开玩笑地喊他为"童子小哥"。也许真一身上仍然保留着"童子"的那种温文尔雅和可爱的风度……

千重子告诉母亲说："下午龙助和真一要来，刚才来电话了。"

"哦?"母亲有些惊讶。

下午，千重子到后楼上化妆，虽是淡妆素裹，却也花了一些心思。长长的秀发，仔细地梳理了一番。但头发的式样总梳得不那么称心。衣服也不知穿哪件好，左一件右一件，反倒拿不定主意。

等她下了楼，父亲已经外出，不在店里。

千重子到后面客厅，把炭火盆端整好，又四下里打量了一眼。看了看狭小的庭院：大枫树上的苔藓，依然青葱翠绿，可树上那两株紫花地丁，叶子已经有些发黄了。

基督雕像灯脚下的小山茶花，开着灼红的花朵。真红得娇艳妩媚，比那红玫瑰，还要使千重子销魂。

龙助和真一来了，先向千重子的母亲恭恭敬敬地行礼寒暄，随后，龙助一个人到账房去，端坐在掌柜面前。

掌柜植村慌忙走出账台的矮格子栅栏，向龙助殷勤致意，一再寒暄。龙助虽然也应个一声半声，却始终板着面孔。他这种冷漠神情，植村当然也心里明白。

植村心里尽管寻思，一个学生家，拿个什么架子！但在龙助咄咄逼人的气势下，也无可奈何。

龙助等植村说完，沉着脸说：

"柜上生意兴隆，很好。"

"唔，谢谢，托您的福。"

"家父他们也说，佐田先生柜上幸好有植村先生这样一个掌柜。多年的经验，难得……"

"不敢当。水木先生柜上是大买卖，我们小可之比，实在微不足道。"

"哪里哪里。我们只是什么生意都做罢了。京式绸缎批发咧，这个那个的，简直就是家杂货店。我是不大喜欢那样的。像植村先生这么谨慎行事，踏实经营的老店，可一天少似一天喽……"

植村正要回答，龙助已经站了起来，朝千重子和真一待的客厅走去。植村苦着脸子，望着龙助的背影。千重子的要看账本，跟龙助今天的这一举动，个中的机关，植村自是心知肚明。

龙助走进客厅，千重子盘问似的看着他的面孔。

"千重子小姐，掌柜那里我已经稍微点了他一下。是我劝你的，我有这个责任……”

“……”

千重子低头给龙助斟茶。

“哥哥，你看那枫树干上的紫花地丁！”真一指着树说，“有两株吧？几年之前，千重子小姐就把两株花看成是一对可爱的恋人……虽然近在咫尺，却永无团聚之日……”

“唔。”

“女孩子尽会想些可爱的念头。”

“你真是，多叫人难为情呀，真一！”千重子把斟好的茶杯放到龙助面前，手略微有些颤抖。

三人乘上龙助店里的汽车，驰向北野六条大市元鱼店。门面带些古风，是家老字号，连外地游客都知道这家老店。房屋陈旧，天棚很低。

叫了清炖元鱼火锅，外加烩什锦。

千重子身上热起来，似乎有些醉意了。

她连头颈都泛出了桃红色。头颈的肌理白净细腻，光滑柔嫩，添上一层红晕，越发明艳动人。眼风顾盼撩人，显得含情脉脉。她不时用手摸摸脸颊。

千重子滴酒未沾。可是火锅里的汤汁，大概有一半是酒。

外面虽有汽车等着，千重子仍怕脚下不稳。不过，她感到非常快活，话也多了起来。

"真一。"千重子对好说话的弟弟说，"时代祭那天，你在皇宫院子里看见的两个人，不是我，你认错人了。大概是远看的缘故。"

"别蒙人了。"真一笑着说。

"我一点不骗你。"

千重子踌躇了一下："说真的，那姑娘是我妹妹。"

"什么？"真一满腹狐疑的神情。

在花事正浓的清水寺里，千重子曾告诉真一说，她是个弃儿。这话想必也会传到真一的哥哥龙助的耳朵里。即或真一没有告诉哥哥，两家的店离得很近，这类事私下里也会不胫而走。作如此想，或许更恰当。

"你在皇宫院子里看见的……"千重子游移地说，"我们是孪生，你看见的人是那另外一个。"

真一真是闻所未闻。

"……"

三人沉默有顷。

"我是给抛弃的……"

"……"

"要真是那样，当初扔在我家店门前该多好……真的，扔在我们家门前该多好。"龙助一往情深地说了两遍。

"哥哥，"真一笑着说，"那时的千重子小姐和现在可不一样。那时是个初生的婴儿。"

"婴儿不也好吗?"龙助说。

"你是因为看到现在的千重子才这么说的。"

"不是的。"

"人家是佐田先生锦衣玉食，当作掌上明珠来养大的。这样，千重子才成其为今日的千重子。"真一说，"那时，哥哥自己还是个娃娃呢。娃娃能抚养婴儿么?"

"能养。"龙助犟头倔脑地说。

"哼，哥哥总是这么自负，不肯认输。"

"也许是这样，不过，那我也愿意抚养千重子这个婴儿的。母亲一定肯帮我的。"

千重子酒醒了，脸色发白。

秋天里，北野的舞蹈会演，要跳上半个月。结束的前一天，佐田太吉郎一个人去了。茶馆给的入场券，当然不止一张，但太吉郎谁都不想请。看了舞蹈回来，再结伴去茶馆，他嫌麻烦。

　　太吉郎神情不悦，走进茶座时，舞蹈还没开始。今天坐在那里专司点茶的艺伎，也没有太吉郎所熟悉的。

　　在她旁边，站了七八位少女。可能是帮着递杯送盏的。一色都穿着粉色的长袖和服。

　　只有站在中间的一个少女，穿一身蓝。

　　"咦!"太吉郎几乎失声叫了出来。化妆得很漂亮。她不是由那个花街柳巷的老板娘带着，和太吉郎一起乘"叮叮当当老爷电车"的女孩么？唯独她一个人穿蓝，也许管点什么事呢。

　　这位蓝衣少女给太吉郎端来淡茶，样子矜持，笑都不笑一下。完全是按规矩行事。

　　太吉郎的心，顿感轻松起来。

　　舞蹈跳的是八场舞剧《虞美人草图》，是众所周知的中国那出霸王别姬的悲剧。不过，虞姬拿剑自刎后，被项羽抱在怀里，听着思乡的楚歌而死去，项羽也随即战死；下一场便转到日本，讲的是熊谷直实、平敦盛及玉织姬的故事。杀了敦盛之后，熊谷感到人生无常，遂出家为僧；在凭吊古战场之时，敦盛冢的周围，虞美人草盛开。这时笛韵悠扬，接着敦盛显灵，要求把青叶笛收藏在风谷寺里，玉织姬的阴魂则要求将她香冢前虞美人草开的朵朵红花供在佛前。

　　舞剧之后，又演出一出热闹的新编舞蹈，叫《北野风流》。

上七轩的舞蹈，与祇园的井上派不同，属于花柳派。

太吉郎走出北野会馆，顺路走进那家古色古香的茶馆。坐在那里出神。

"给您叫哪位姑娘呀?"茶馆老板娘问。

"嗯，咬舌头的那个姑娘吧，——其次么，穿蓝衣送茶的那个孩子如何?"

"乘叮叮当当电车的那个吗……好吧，光见个面也许行。"

艺伎没到之前，太吉郎喝了几盅，来了之后就故意站起来走出屋子。艺伎跟在身后，太吉郎问:"现在还咬人吗?"

"您记得可真清楚，不要紧，您就伸出来试试看。"

"我可害怕。"

"真的，不要紧。"

太吉郎伸了出来，被吸进她那温润而柔软的嘴里。

太吉郎轻轻抚拍着女人的背说:

"你堕落了。"

"这就算堕落?"

太吉郎想漱口，可艺伎站在一旁，有所不便。

艺伎这种淘气法太大胆了。在她，恐怕也是不假思索，毫无意义的做做。太吉郎并不讨厌这个年轻的艺伎，也不觉得不洁净。

太吉郎要回客厅，艺伎抓住他：

"等一下。"

她掏出手帕，擦了擦太吉郎的嘴唇。手帕上沾着口红。艺伎又把脸凑近太吉郎的脸。一边看，一边说：

"嗯，这回行了。"

"谢谢……"太吉郎双手轻轻搭在艺伎的肩上。

艺伎为了擦唇膏，留在盥洗间的镜台前。

太吉郎踅回客厅，一个人也没有。像漱口似的呷了两三杯冷酒。

身上仍觉得什么地方沾了艺伎的气味，或是她的香水味。太吉郎隐约觉得身心仿佛年轻了些。

太吉郎自忖，即便是艺伎过于淘气也罢，自己未免也太冷淡了些。恐怕是自己长久没有和年轻女人胡闹的缘故。

这艺伎刚二十出头，或许是个大有意趣的主。

老板娘领了少女进来。仍是那身蓝色长袖和服。

"您既然想看她，我就跟人家说，只来见见面。您瞧，年龄总归还小。"老板娘说。

太吉郎看着少女说："方才端茶……"

"是。"毕竟是茶馆店的孩子，一点都不忸怩，"我心里想，可不就是那位大爷么，便把茶端了过来。"

"唔，那就多谢了。你还记得我？"

"记得。"

艺伎这时也回到屋里。老板娘对她说：

"佐田先生对小千代，喜欢得不得了。"

"哦？"艺伎盯着太吉郎说，"您眼光可真高呀。还得等上三年呐。小千代明年春天要上先斗町去。"

"先斗町？为什么？"

"她想当舞伎。说她迷上了舞姬的风采，是吧？"

"唔？要当舞伎，祇园那里岂不更好？"

"小千代的伯母在先斗町，就图的这个。"

太吉郎一边瞧着这位少女，一边忖量，这孩子不管去哪儿，准能成为顶儿尖儿的舞伎。

西阵和服纺织工业公会作出一项前所未有的大胆决定：十一月十二日至十九日，八日之内全部织机一律停工。十二、十九两日本是星期天，实际上只停工六天。

原因颇多，概括成一句话，即是经济上的考虑。由于生产过剩，库存衣料达三十万件。为了打开销路，改善经营，才采取这一措施。此外，也因近来银根紧缩之故。

从去年秋天到今年春天，收购西阵衣料的商号相继倒闭。

停机八天，大约可少产八九万件，这个措施看来能奏效，估计会成功。

然而，西阵纺织街，尤其是小巷里，一目了然，很多零散的家庭作坊，也都服从这一决定。

一座座小房子，瓦顶陈旧，屋檐很宽，鳞次栉比，匍匐在地面上。即使有二层楼，仍很低矮。窄得像甬道似的小胡同，错综交杂，连织机的声音，听着都显得晦暗。这些大概不是自家的机器，而是租来的。

然而，提出申请，要求"破例不停机"的，统共只有三十多家。

秀男家不织衣料，光织腰带。有三台高机，白天也须点灯。不过，车间总算亮堂，屋后也有空地。可是，屋子之小令人不禁要想，简陋的厨房用具，家人的坐卧休息，究竟在什么地方呢？

秀男身体健壮，既有才干，又有事业心。但坐在高机窄窄的板条上，年深月久，屁股上说不定会坐出老茧来。

那天约苗子去看时代祭，皇宫大院里的青松，倒比穿各朝服装的游行队伍，更吸引他。这或许是得以从日常生活中暂时解脱出来的缘故吧？而面对狭窄的山谷，在山上劳作惯的苗子，倒并没有怎么留意……

不过，自从时代祭那天，苗子系了自己织的带子以后，秀男干起活来劲头更足了。

千重子和龙助、真一两兄弟去了大市回来，虽说不上是非常痛苦，有时总觉得一颗心仿佛失落在哪里似的，仔细一琢磨，还是因为苦恼的缘故。

十二月十三日的"准备年事节"已经过去，京都的气候也进入了地道的冬天，极其多变。响晴的天，会下起阵雨来，时而是雨夹雪。时阴时晴，阴晴奠定。

按京都的风俗，从十二月十三日的"准备年事节"那天起，便要准备过年，送年礼。

信守这些老规矩的，仍要数祇园那些花街柳巷。

艺伎和舞伎要给平素照应自己的茶馆、歌舞师傅和年长的艺伎家送镜饼①。

然后，舞伎四处拜谢。

见面要说"恭喜发财"，意思是这一年已平安过来，明年还请格外照应。

这一天，艺伎和舞伎打扮得比平时更加花枝招展，来来往

---

① 圆形的大年糕，上下两片对拢，系祭神供品。

往，提早到来的岁暮即景，把祇园一带点缀得花团锦簇。

千重子家所在的这一带，没那么热闹。

吃完早饭，她一个人上楼，随便打扮了一下。可她时时发怔，停下手来。

在北野的元鱼店里，龙助的话，情见乎辞，时时在她胸中起伏。要是婴儿时的千重子，给扔在他们龙助家门口该多好——话不是已经说得很明白了么？

龙助的弟弟真一，和千重子是从小就认识的，一直同学到高中，性情温和恭良。千重子知道真一很爱她，可他从来没像龙助那样说过使她动心的话。千重子可以不拘形迹，同他在一起玩。

千重子梳好长长的秀发，披在肩上，下楼来。

快吃完早饭时，北山杉村的苗子给千重子打来了电话。

"是小姐么？"苗子谨慎地问，"我想见见你，有件事要跟你商量一下。"

"苗子，真怪想你的……明天好么？"千重子回答说。

"什么时候都行……"

"你到店里来好么？"

"原谅我，店里我不能去。"

"你的事我已经告诉妈妈了，爸爸也知道。"

"店里总有伙计什么的吧？"

"……"千重子沉吟了一下，"那么，我到村里来吧。"

"那太高兴了。可是大冷天……"

"顺便也想看看杉树……"

"是么？这儿不仅冷，说不定还会下阵雨，你要准备好了再来。尽管我可以点上几堆火。我在路边干活，你一来我准瞧得见。"苗子爽朗地说。

冬之花

千重子穿上长裤和厚毛衣，这是从来没有过的。脚上一双厚袜子很漂亮。

父亲太吉郎正在家里，千重子坐在父亲面前，同父亲打招呼。太吉郎不觉瞪大眼睛，望着千重子这身稀罕的打扮，问：

"要去山里么？"

"是的……北山杉那姑娘说，有事要同我商量，想见见我……"

"是么？"太吉郎毫不犹豫地说，"千重子！"

"哎！"

"要是那姑娘有什么困苦和为难的事，就把她领回家来吧……我们可以收养她。"

千重子低下头。

"不错嘛。有两个姑娘，我和老婆子会觉得挺热闹的。"

"爸爸，谢谢您的好意。谢谢爸爸。"千重子俯下身去，热泪顺着脸颊流了下来。

"虽则你从吃奶的时候起，就由我们一手养大，我们一直把你当成心肝宝贝，可是对那姑娘，也一定尽量不分厚薄。她既然像你，准会是个好孩子。把她领家来吧。二十年前，双胞胎被人看不起，现在已经无所谓了。"父亲说。

"繁子，繁子！"招呼妻子。

"爸爸，我打心眼里谢谢您。可是，苗子那孩子决不肯到咱家来的。"千重子说。

"那为什么？"

"她的心思，准是怕妨碍我的幸福。"

"那会妨碍什么呢？！"

"……"

"究竟会妨碍什么呢？"父亲侧着头又说了一遍。

"方才我说，爸爸妈妈都知道了，让她今天来店里，"千重子含着泪说，"她顾虑伙计和邻居……"

"伙计怕什么！"太吉郎大声嚷道。

“我知道爸爸的意思，不过，今儿个还是我先去看看再说。”

“也好，”父亲点头说，“路上当心些……那么，你就把方才爸爸的话告诉苗子那孩子吧。”

“是。”

千重子在雨衣上加了风帽，换了一双雨鞋。

清晨，京都市区的天空晴朗无云，可是说阴就阴，北山那里或许要下阵雨。在市区就看得出这种天色。要是没有京都这些秀丽低矮的群山遮挡，也许会看到那里正是天阴欲雪的作雪天哩。

千重子乘上国营的公共汽车。

去北山杉的中川北山町，有国营和市营两路公共汽车。市营汽车只开到京都市（现已扩大）北郊尽头的山口那里便折回来。国营公共汽车则一直通到远在福井县的小滨。

小滨在小滨湾旁，进而又从若狭湾伸展到日本海。

大概是冬天天冷，车上乘客不多。

一个有人伴随的年轻男子，紧紧盯着千重子瞧。千重子给看得有些发毛，便戴上风帽。

“小姐，求求你，别戴上那玩意儿藏起来嘛！”那年轻人声音沙哑，跟年龄很不相称。

"喂，不许说话！"旁边的男人说。

向千重子说话的年轻人，手上戴着手铐。不知是什么罪犯，旁边的人，大概是个刑警。翻山越岭，要把他押送到什么地方去呢？

千重子又不能摘下风帽，露出脸给他看。

车到了高雄。

"这是在高雄什么地方？"有个乘客说。

未必像他说的那样看不出来。枫叶已经飘零殆尽，树枝梢头已有冬意。

栂尾山下的停车场上，简直就没有车辆。

苗子穿着劳动服，一直来到菩提瀑布车站，等着接千重子。

千重子的这身打扮，乍一看很难认出她来。苗子倒一眼就认了出来。

"小姐，你来了，可太好了。真的，跑到这深山里来，真太好了。"

"哪儿是什么深山呀。"千重子没来得及摘下手套，便握住苗子的两手说，"真高兴。从夏天以后，就没见过面。夏天在杉山上那次，多谢你了。"

"那算什么！"苗子说，"话又说回来，要是当时雷真劈到咱们头上，又会怎么样呢？不过，那我也高兴……"

"苗子,"千重子边走边说,"你电话打到家里,一定有什么万不得已的事。你先说说吧,不然也没心思说话儿。"

"……"苗子一身劳动服,头上包着手巾。

"什么事呢?"千重子又问了一句。

"就是秀男他向我求婚,所以……"苗子也不知是跟跄了一下还是怎的,一把抓住千重子。

千重子搂住摇摇晃晃的苗子。

苗子平日劳动,身体很结实。——夏天雷雨那次,千重子因为害怕,没留心。

苗子当即挺直身子,可是让千重子这么搂着,她心里很高兴。所以她宁愿这么靠着千重子走路,不想离开她。

千重子搂着苗子,不知不觉反倒靠在苗子身上。但两个姑娘谁都没注意到这一点。

千重子戴着风帽说:"那你是怎么答复秀男的呢?"

"答复?我当场怎么能马上就答复呢?"

"……"

"他把我当成你——现在当然不是认错人,可是你已经深深印在他心上了。"

"没有的事。"

"不，我很清楚，尽管没认错人，也是把我当作你的替身，他才求婚的。在我身上，恐怕秀男先生看到的，是你的幻影。这是……"苗子说。

千重子记起：春天里，郁金香盛开的季节，从植物园回来，走在加茂川河堤上，父亲曾和母亲商量，把秀男招赘给千重子做女婿的事。

"其次，秀男先生家是织腰带的，"苗子加重语气说，"要是这么一来，跟小姐家的店发生点瓜葛，给你添什么麻烦，或是周围的人用奇怪的眼光打量我们，我就是死了也对不起你。所以，我真想躲开，躲到老远老远的深山里去……"

"你为什么这么想?"千重子摇着苗子的肩膀说，"今儿个到这儿来，也是跟父亲说好了才出来的。母亲也都知道了。"

"……"

"你知道父亲说了什么?"千重子更加使劲摇着苗子的肩膀说，"要是苗子那姑娘有什么困苦和为难的事，就把她领回家来吧……我是作为嫡亲女儿入的户籍。可父亲说，对那孩子要尽量不分厚薄。又说，我一个人也太孤单了些。"

"……"苗子取下包头手巾说，"谢谢了。"把手巾捂在脸上，"打心里谢谢你了。"好半天说不出话来。"我，你知道，没有亲人，没有真正可依傍的人，虽然感到孤单，我尽量不去想，拼命干活。"

千重子故作轻松地说：

"关键问题是，秀男先生的事怎么样呢？"

"这事一时之间还答复不了。"苗子看着千重子，带着哭声说。

"手巾给我一下。"说着千重子接过苗子的手巾，"这么淌眼抹泪的就进村了？"于是给她擦眼睛，擦腮帮。

"不要紧。我虽然好强，干活不让人，就是爱哭。"

千重子刚给苗子擦好脸，苗子反倒伏在千重子胸口上，越发抽噎起来。

"这多不好！苗子，伤心了？别哭了！"千重子轻轻拍着苗子的背说，"你再这么哭，我可要回去了。"

"不，别回去！"苗子一惊，从千重子手里拿过自己的日本布手巾，使劲擦脸。

好在是冬天，看不出她哭过，只是眼白还有些发红。苗子用手巾把头包得严严的。

两人默默走了一会儿。

北山杉连一些小树杈都给修枝剪掉了，留在树梢的叶子，微呈圆形，青幽素雅，像冬天的花朵。

千重子觉得差不多了，便对苗子说：

"秀男画的带子，花样又好，织得也密，人是非常认真的。"

"是的，这我知道，"苗子回答说，"时代祭那天，他约我去来着。他当时与其说看身穿各朝服装的游行队伍，不如说在看游行队伍后面皇宫里的青松，和东山变幻的山色。"

"看时代祭游行，对他已经没什么稀罕了。"

"不，不是那么回事。"苗子用力地说。

"……"

"队伍走完之后，他非要我去他家不可。"

"他家？秀男先生的家么？"

"嗯。"

千重子不免有些惊讶。

"他还有两个弟弟。领我到屋后的空地上，他说我们两人要是结婚，就在那儿盖间小屋子，尽可能只织些自己喜欢的腰带。"

"那还不好！"

"好？他是把我当成你的幻影，才向我求婚的。我一个女孩子家，这类事自然也懂。"苗子又提起话头。

千重子一边走，心里一边游移，不知如何回答才好。

狭窄的山谷旁，有一条小小的山涧，那些洗圆杉木的女人正围坐成一圈，烤着手脚，篝火的烟，冉冉上升。

苗子来到自家的小屋门前。说是小屋，还不如说是窝棚。年久失修的草屋顶已经倾圮，呈波纹状。因为是山里人家，有个小院子，滋生蔓长的南天竹，繁茂高大，枝头结着通红的果实。就这七八株南天竹，也是枝杈交错，缠绕不清。

这座荒凉的小屋，当初或许也是千重子的家。

从屋侧走过时，苗子的泪水已干。这就是当初的家。是告诉千重子好呢，还是不告诉的好？千重子是生在母亲的娘家，恐怕没在这屋住过。苗子还在襁褓中，父亲就去世了，后来又失去母亲，究竟在这小屋住没住过，连她自己也记不大清楚。

幸好千重子只顾抬头望着杉山和放好的一排排圆杉木，没有留意这座小屋，径自走了过去。苗子也就没提小屋的事。

树干笔直，树冠略圆，顶端留着叶子，一经看成是"冬天之花"，便果真像是冬天之花了。

一般人家都在屋檐下和二楼上晾了一排去皮洗净的圆杉木。白白的圆杉木，连根都收拾得干干净净的，竖了一排，煞是好看，也许比什么墙都美。

山上，杉树根旁的草已经枯黄。杉树的干，亭亭直立，一般粗细，显得很美。树皮带点圆斑，从树缝里，可以望见一角天空。

"你不觉得冬天美么？"千重子说。

"是么？天天看，看惯了，也就不觉得了。不过，冬天的杉树，叶子带点浅黄，是不？"

"就像花儿一样。"

"花儿？像花儿么？"苗子仿佛觉得有些意外，仰望着杉山。

又走了一阵，有一幢古雅的房屋。大概是大山主家。矮墙的下半截是涂成赭红色的木板，上半截一刷白，墙头有茸瓦的滴水檐。

千重子停下脚步说："好漂亮的房子。"

"小姐，我就住在这户人家里。进去看看好么？"

"……"

"不要紧。我在这家已经住了快十年了。"苗子说。

千重子听苗子说过两三次，与其说秀男把她当成千重子的替身，不如说当成幻影，才向她求婚的。

说"替身"，还好懂。"幻影"究竟是什么呢？——尤其是提到结婚的时候……

"苗子，你总说幻影幻影的，到底幻影是什么呢？"千重子诘问说。

"……"

"幻影岂不是摸得着看不见的东西么？"千重子接着说。突然脸上飞起一片红晕。不仅面孔一模一样，恐怕任何一处都和自己相似的苗子，要为男人所猎有了。

"无形的幻影是这么个样的，"苗子回答说，"它存在于男人的心头上或胸怀里，也可能取别的形式。"

"……"

"哪怕我变成六十岁的老太婆，而幻想中的千重子，不依然是如今这么年轻么？"

这话千重子听着十分意外。

"你居然竟想到这种事？"

"一个美丽的幻影，是永远不会令人生厌的。"

"那倒也不见得。"千重子勉强说了这么一句。

"幻影，你不可能踏倒它，还不是自己为之神魂颠倒么？"

"嗯……"千重子觉得苗子带点妒忌心在说话，"其实，哪有什么幻影？"

"这儿就有……"苗子摇撼着千重子的前胸。

"我不是幻影。是苗子的孪生姊妹。"

"……"

"那么，你难道跟我的幽灵也做姊妹么？"

"看你说的。这是指你千重子呀。不过，那也只限于秀男先生……"

"你想得太多了。"千重子低头走了几步，又说，"要不，咱们三个人把事情摊开，好好谈一次好不?"

"谈什么——真心话有时可以谈，有时就不可以……"

"苗子，你那么爱多心么?"

"并不，但我也有一颗少女的心呀……"

"……"

"阵雨从周山那边移到北山这边来了。山上的杉树也……"

千重子抬眼望去。

"赶快回去吧。好像要下雨夹雪了。"

"我怕天下雨，带了雨具来的。"

千重子脱下一只手套给她看，说："这只手，不像小姐的手吧?"

苗子一怔，两手握住千重子的手。

千重子还不知不觉，天就下起阵雨来了。连住在这村里的苗子，恐怕也没留心到。这雨，不同于小雨，也不像毛毛雨。

听苗子这么说，千重子放眼向四面山上望去。意态清寒，云气漾漾。山麓下丛立的杉树，一株株反而更加分明。

不大会儿，群山的山头，云雾凄迷，分不出界限。与春天的云霞不同，天色先就不一样。现在这天色，毋宁说更像是京都的。

低头一看脚下，地面已经有点潮了。

群山不着痕迹地抹上一层浅灰色，云雾缭绕。

过了片刻，云雾浓重，从山谷上飘下来，还夹着一点白的，成了雨夹雪。

"早些回去吧。"苗子这么说，是她忽然看见那点白的东西。说不上是雪。雨中有雪，雪又时有时无。

山谷里天时不同，已经薄暗微明，骤然冷了起来。

千重子总也是京都姑娘，对北山那种阵雨并不感到陌生。

"趁你还没有变成冰冷的幻影之前……"苗子说。

"又是幻影！"千重子笑了，"我带着雨具呐……冬天的京都，天气多变，下下就停了。"

苗子抬头看看天说："现在就回去吧。"说着紧紧握着千重子没戴手套的那只手。

"苗子，真的，你想过结婚没有？"千重子问。

"偶尔想过……"苗子回答说，并且情意深长地给千重子戴上那只手套。

这时，千重子说：

"到我们柜上来一次吧。"

"……"

"来吧。"

"……"

"等伙计下班之后。"

"晚上么?"苗子吃了一惊。

"住过夜。你的事爸爸妈妈都知道。"

苗子的眼睛露出喜悦的神色,但又有些踌躇。

"哪怕咱们一起过一晚也好。"

苗子站在路边,转过身去,背着千重子潸然泪下。千重子当然不会不知道。

千重子回到室町店里时,城里只是阴天而已。

"千重子,你回来得正好,还没下雨,"母亲说,"你爸爸在里屋等你。"

父亲不等千重子招呼完,便探着身子问:

"千重子,那姑娘说什么了?"

"嗳。"

千重子不知怎样回答才好,三言两语也说不清。

"说什么了?"父亲又问了一句。

"嗳。"

千重子虽然懂得苗子的意思,但有的话也不甚了了。——秀男实际上意在千重子,由于难于如愿,只好死了这条心,转而向长得酷似千重子的苗子求婚。姑娘家心细如发，苗子当然很敏感。所以，便对千重子说起"幻影"这套怪论来。难道说秀男心里想娶千重子，而拿苗子来移花接木吗？千重子觉得，这倒未必是自己自负。

但是，说不定事情并不仅止于此。

千重子不敢正面看父亲，羞得连头颈都红了。

"苗子那孩子是光想看看你吗？"父亲说。

"是的。"千重子决然抬起头来，"据说大友家的秀男向苗子求婚了。"千重子的声音有些发颤。

"唔？"

父亲审视着千重子，沉默有顷，好像猜着了什么。不过，没说什么。

"是吗？和秀男？要是大友家的秀男，那倒不错。说实在的，各人有各人的缘分。恐怕这也是因为你的关系吧？"

"爸爸！不过，我觉得苗子不会跟秀男好的。"

"噢，为什么？"

"……"

"为什么呢？我觉得蛮好的……"

"倒不是好不好的事，爸爸，您还记得么？您在植物园可是说过，把秀男招赘给千重子怎么样。那姑娘可是知道这层意思的呢。"

"哦，这是怎么回事？"

"而且，她好像还考虑到秀男的织带铺同咱们店多多少少有些交易。"

父亲把不住心跳了，默默无言。

"爸爸，求您件事。哪怕一个晚上也好，让那孩子来家里住一夜吧。"

"当然可以。这有什么……我不是说过吗？收养她都行。"

"那她是决不肯的。就一个晚上……"

父亲不胜爱怜地看着千重子。

听见母亲在关窗上的挡雨板。

"爸爸，我去帮一下忙就来。"说着千重子站起身来。

阵雨悄没声儿滴落在檐头。父亲木然坐在那儿。

龙助和真一的父亲，请太吉郎到圆山公园的左阿弥吃晚饭。冬日天短，从高高的客厅俯瞰市街，已经是灯火点点了。天空灰蒙蒙的，没有晚霞。街市除了灯火，也是灰蒙蒙的。真是一派京都冬天的色彩。

龙助的父亲，是室町街上的大批发商，生意兴隆，为人可靠，可是今天说话却有些吞吞吐吐。一边踌躇，一边说些闲话来拖时间。

"其实呢……"他借着酒力终于点到了正题。而性情优柔寡断或者说日渐消沉的太吉郎，大约也猜到水木先生要说什么。

"其实呢……"水木期期艾艾地说，"大概您从令爱处也听到些关于龙助那个愣小子的事吧？"

"啊，我这人很不中用，所以令郎龙助少爷的好意，我十分领情。"

"是吗？"水木轻松起来，"这小子很像我年轻的时候。一旦打定主意，谁也劝不过来。实在没有办法……"

"我倒是非常感谢他。"

"真的吗？听您这么说，我总算放下心了。"水木当真按着胸口说，"那就请您多多包涵。"说着鞠躬如仪。

太吉郎的店尽管日渐萧条，但是要搬请同行中的后生来帮忙，总是近乎耻辱。要是说来见习，从两家店的规模来说，倒是应该反过来才对。

"对于小店来说，是求之不得，但是……"太吉郎说，"宝号少了龙助少爷，恐怕不大方便……"

"哪里哪里。生意上龙助只是道听途说一点皮毛，哪晓得多少。从我这做父亲的来看，怎么说呢？他人还是很踏实牢靠的……"

"是啊，到小店来，忽然板起面孔坐在掌柜面前，我都吃了一惊。"

"他就是那么个人。"说完，水木喝着闷酒。

"佐田先生。"

"哦？"

"倘能叫龙助到府上帮忙，即便不是天天去，他弟弟真一也会慢慢长点志气，这一来也帮了我的忙。真一性格温良，直到现在龙助还动不动就嘲笑他，叫他'童子小哥'的，真是不像话……祇园会上真一曾经坐过彩车……"

"因为长得眉清目秀的。同我家千重子从小就是同学……"

"令爱千重子……"水木一时语塞。

"令爱千重子……"水木又重复说，口吻甚至有点怒意，"怎么出挑得那么漂亮，好一位出色的小姐。"

"这不是靠父母的力量，是孩子自己天生成的……"太吉郎率直地回答道。

"想来佐田先生心里也明白，府上同我们可算是同行，龙助之所以要去府上帮忙，也为的是想在千重子小姐身旁，多待上一时半刻的。"

太吉郎点了点头。水木擦了一把额角，龙助的前额跟他很像。接着又说：“这小子虽然丑，但办事能干。我绝不敢有任何勉强的意思，万一有朝一日，千重子小姐对龙助还觉得中意，我这实在是老着脸皮，能否请佐田先生招门纳婿？我可以废掉他作为长子的继承权……”说着，又低头一礼。

“废掉……”太吉郎简直吓住了，“偌大一个批发商的嗣子……”

“这并非就是一个人的幸福。最近看到龙助那样子，我便这么想。”

“承您厚爱，不过，这种事全要看两个年轻人将来是否情投意合。”太吉郎避开水木的锋芒说，“千重子是个捡来的孩子。”

“捡来的孩子又怎么样呢？”水木说，“我这些话，佐田先生心里知道就是了，龙助去府上帮忙，您看可以吧？”

“那好吧。”

“多谢多谢。”水木看来满心高兴，举杯饮酒的样子也自不同了。

第二天清晨，龙助早早来到太吉郎的店里，立即把掌柜和伙计招集拢来，开始盘货——漆染绸、白绸、绣花绉绸、单丝绉、绫葛、高级绉绸、绵绸、结婚礼服、长袖和服、中袖和服、普通和服、花锦缎、缎子、高级印花绸、会客礼服、织锦腰带、里子绸、和服饰物等等。

　　龙助只是一旁看着，什么也不说。自从上一次较量之后，掌柜在龙助面前赔着小心，不敢拿大作势。

　　虽经挽留，龙助仍赶在晚饭前回去了。

　　当晚，"笃笃笃"敲着格子门的，是苗子。那声音只有千重子听见。

　　"哟，苗子！从傍晚起就挺冷的，你来了可真好。"

　　"……"

　　"星星出来了。"

　　"听我说，千重子，见了父母，我该怎么招呼才好呢?"

　　"你的事他们都知道，见了就说'我是苗子'就行了。"千重子搂着苗子肩膀，走进屋，问道，"晚饭吃过了么?"

　　"我在那边吃过鱼肉饭卷来的，甭张罗了。"

　　苗子虽然有些拘束，但二老一看到这么相像的姑娘，简直瞠目结舌，几乎说不出话来。

　　"千重子，你们上楼去吧，两个人从从容容说说话儿。"还是母亲繁子乖觉。

　　千重子拉着苗子的手，走过窄窄的廊子，上了后楼，点上暖炉。

　　"苗子，来一下。"千重子把她叫到穿衣镜前，凝视着两人的面庞。

"真像。"千重子浑身感到热乎乎的。两人又左右对换位置站着，"真是活脱儿像。咦?"

"孪生姊妹么。"苗子说。

"人要是尽生双胞胎，那会成什么样子呢?"

"准是老认错人，麻烦得很。"苗子退后一步，眼睛湿润了，"人的命运真不可思议呀。"

千重子也退到苗子身边，用力摇着苗子肩膀说:

"你就住下来不好么? 爸爸妈妈都这么说……我一个人又很孤单……虽然杉山那里不知有多舒畅……"

苗子仿佛站不住似的，一歪身跪了下去。一边摇着头，眼泪滴在膝盖上。

"小姐，直到现在，咱们的生活境遇都不一样，教养也不同。室町这儿的生活，我未必过得惯。就让我到府上来这么一次，只要这么一次就行了。也是想穿上你送我的衣服，让你看看……再说，杉山你都去过两趟了。"

"……"

"而且，婴儿中，父亲抛弃的是小姐你呀! 虽然我当时什么也不知道。"

"这些事我早就忘记了。"千重子毫不在意地说，"我现在也不去想，我还有过那样的父亲。"

"我想父母他们也许是受到报应了……尽管我那时还是个婴儿，请你原谅吧。"

"这事有你什么责任和罪过？"

"倒不是这么说。先前我说过，我苗子决不妨碍小姐你的幸福。"苗子放低了声音说，"所以，还是销声匿迹的好。"

"不行，你这是怎么说的……"千重子用力说，"你这样可太不公平了……苗子，你觉得不幸么？"

"没有，但是感到孤独。"

"幸福是短暂的，孤独是长久的，你说是不？"千重子说，"咱们睡下去，再好好聊……"千重子从壁橱里拿出铺盖来。

苗子一面帮忙，一面说："幸福大概也就是这么回事吧。"然后侧耳倾听屋檐上的声音。

千重子见苗子凝神细听，便问：

"阵雨么，还是雨夹雪？要么是阵雨里带雪花？"说着千重子也停下手来。

"谁知道呢，或许是小雪？"

"雪？"

"这么静！这不是平常下的雪，实在是小极了的那种细雪。"

"哦。"

"山里常常下这种细雪，干活的时候，不知不觉间，杉树叶上铺了一层白，像花儿似的，连那些冬季落叶的枯树尖上，都变得雪白。"苗子说，"真是美极了。"

"……"

"有时下下就停了，有时变成雨夹雪或是阵雨……"

"要不要打开挡雨板看看？看一眼就知道了。"说着千重子起身要过去，苗子拦住道："甭开了。天气怪冷的，你会感到幻灭的。"

"幻呀幻的，你就爱说这个字。"

"幻影么？"

苗子姣好的面庞上，笑容可掬，但是隐约有一层凄婉的神情。

千重子刚要铺被褥，苗子忙说：

"千重子，就让我给你铺一次床吧。"

两个被窝并排挨着，千重子默默地钻进苗子的被窝。

"啊，苗子，好暖和。"

"干活毕竟不一样些。住的和……"

苗子紧紧搂着千重子。

"这样的夜晚，要冷的。"苗子压根儿不怕冷的样子，"细雪下下停停，停停下下……今儿晚上怕就是……"

"……"

父亲太吉郎和母亲繁子好像上楼走进隔壁房间。因为上了年纪，用电热毯暖被窝。

苗子凑近千重子的耳边，悄声说：

"你的被窝已经暖和了，我挪过去睡啦。"

等到母亲把纸门拉开一条缝，看看两个姑娘的卧室时，已是后来的事了。

翌日清晨，苗子绝早起床，叫醒千重子说："小姐，这大概是我一生中最幸福的一晚了。趁着还没人看见，我回去了。"

正如昨晚苗子说的，夜来果真细雪下下停停，此刻正是细雪霏霏，寒气袭人的清晓。

千重子起来说："苗子，你没有雨具吧？等一下。"她把自己最好的天鹅绒外套和折叠伞、高底木屐拿给苗子。

"这是我送你的。以后还要来呀！"

苗子摇了摇头。千重子扶着格子门，一直目送她远去。苗子没有回头。千重子的额发上，飘洒下几点细雪，霎时便融化了。市街依旧在沉睡，大地一片岑寂。

（一九六一至一九六二年）

伊豆的舞女

一

山路变成了羊肠小道，眼看就到天城岭了。这时，雨脚紧追着我，从山麓迅猛而至，将茂密的杉林点染得白茫茫一片。

那一年，我二十岁，戴一顶高等学校的学生帽，穿着蓝底碎白花的上衣和裙裤，肩上背着书包。独自在伊豆旅行，已经第四天了。在修善寺温泉过了一夜，在汤岛温泉住了两宿，然后，便穿着高齿木屐上了天城山。我虽然迷恋那秋色斑斓的层峦叠嶂、原始森林和深幽溪谷，可是，一个期望却使我心头怦怦直跳，匆匆地赶路。这时，豆大的雨点开始打在身上。我跑着爬上曲折陡峭的山坡。好不容易奔到岭上北口的茶馆，舒了口气，却在门前怔住了。真是天遂人愿。那伙江湖艺人正在里面歇脚。

舞女见我呆立不动，随即让出自己的坐垫，翻过来放在旁边。

我只"啊……"了一声，便坐到上面。因为爬山的喘息和慌乱，连句"谢谢"都哽在喉咙里没说出来。

我与舞女相对而坐，挨得又近，就慌忙从衣袖里掏出香烟。舞女又把女伴面前的烟缸挪到我身旁。我仍旧没有作声。

舞女看上去像有十七岁了。梳了一个大发髻，古色古香，挺特别，我也叫不出名堂。这发型使那张端庄的鹅蛋脸，愈发显得娇小，但很相称，十分秀丽。仿佛旧小说里的绣像少女，云鬓画得格外蓬松丰美。舞女的同伴里，有个四十岁的妇女，两个年轻姑娘，还有一个二十五六的男子，穿了一件印有"长冈温泉旅馆"字样的号衣。

此前，舞女一行我曾见过两次。头一次是我来汤岛的路上，他们去修善寺，在汤川桥附近相遇。当时有三个年轻姑娘，舞女提着大鼓。我不时回头张望，萌生了一股天涯羁旅的情怀。后来一次，是到汤岛的第二天晚上，他们来旅馆卖艺。我坐在楼梯中间，聚精会神，看舞女在门口地板上起舞。心想，他们那天在修善寺，今晚在汤岛，明天大概要翻过天城山，南下去汤野温泉吧？天城山路五十多里，准能追得上。就这样，我一路胡思乱想，急匆匆地赶来。为了躲雨，居然在茶馆里不期而遇，不免有些张皇失措。

过一会儿，茶馆老太婆把我让进另一间屋。屋子似乎平时不用，没装拉门。朝下望去，山谷清幽，深不见底。我皮肤起了鸡皮疙瘩，牙齿咯咯作响，浑身打起颤来。就对端茶来的老太婆说："好冷啊！"

"哎哟，敢情少爷身上都淋湿了！快到这边烤烤火吧，把衣裳烤干。"说着，便殷勤地把我领到自家的起居室里。

那屋里生着地炉，一开拉门，热气就扑面而来。我站在门槛上有些迟疑。因炉边有个盘腿坐着的老人，浑身又青又肿，好似溺死的人。一双眼睛连瞳孔都黄得像烂了一样，恹恹无力地望着我。身边的旧信旧纸袋堆积成山，不妨说他人已埋在废纸堆里了。我站在门口，只管怔怔地瞧着这个山中怪物，简直不像是个活人。

"真是丢人现眼，让您见笑……是我老伴，不用担心。虽然怪寒碜的，可他动弹不了，请将就些吧。"老太婆抱歉地说。

据她讲，老人已中风多年，全身瘫痪。那堆纸是各地寄来的信，介绍治中风的方子，以及按方抓药，各地寄药的纸袋。

只要是治中风的方子，不管是听翻山越岭的过往旅客说的，还是看报上广告登的，他都一个不漏，各地打听，到处求购。这些信和纸袋，老人一件也不扔，全摆在身边，日相厮守。经年累月，废纸就堆积成山了。

听她这番话，我无言以答，只是在地炉边上俯首烤火。汽车越过山岭，震得房子直颤。这山上，秋天就这么冷，不久便要盖满白雪，这老人为什么不下山呢？我心里寻思着。我衣服上水汽蒸腾，炉火烤得人头昏脑涨。老太婆到店面去同女艺人她们聊天去了。

"是吗？上回带来的小丫头都这么大了？长成了大闺女，你也得济了。出挑得这么俊！真是女大十八变呀。"

差不多一小时的光景，听动静，那伙艺人像要动身了。我也坐不住了，心里只是干着急，却没勇气站起来。尽管她们一向跋涉惯了，可终究是女人家，我即便落后个两三里，跑上一阵也能追上。心里虽然这样盘算，坐在炉边，却好比热锅上的蚂蚁。不过，舞女她们一旦离开，我反倒没了拘束，竟空想联翩起来。老太婆把他们送走后，我问道：

"那些艺人，今晚住在什么地方呢？"

"那种人，谁知道他们住哪儿呀，少爷！还不是哪儿有客人就住哪儿！哪儿有什么今晚可投奔的去处呢。"

老太婆的口吻甚是轻侮，引得我竟转出这种念头来：既然如此，今晚就叫舞女在我屋里过夜吧。

雨势渐小，峰峦渐明。老太婆虽一再挽留，说是再待上十分钟，就会雨过天晴。可我再也坐不住了。

"老大爷，您多保重啊。天要冷起来了。"我由衷地说道，然后站了起来。老人吃力地动了动发黄的眼珠，微微点了点头。

"少爷！少爷！"老太婆边喊边追出来，"您这么破费，真过意不去呀，太对不住您了。"

于是，抱住我的书包不肯撒手。我几经辞谢，她都不听，说要送我到前边。颠颠儿地跟在后面，走出一百来米，一再念叨那两句话。

"实在不好意思。太怠慢了。我会记住您的模样儿。下次路过再谢您吧。下次可一定要来啊。我决不会忘记您的。"

我只是留下一枚五角银币罢了，她竟大出意外，感激得老泪都快流出来了。我一心想快些追上舞女，而老太婆步履蹒跚，反而误事。终于来到岭上的隧道口。

"谢谢了。老大爷一人在家，请回吧。"见我这样说，老太婆这才放开书包。

走进昏暗的隧道，冰凉的水珠吧嗒吧嗒地滴落下来。前面，有一点小小的亮光，是去往南伊豆的出口。

二

一出隧道口，山路的一侧便竖着一道白漆栏杆，像闪电那样蜿蜒曲折。放眼望去，山脚下好似一个模型，看得见艺人们的身影。走了不到两里路，我追上他们。但又不好马上放慢脚步，便故作冷淡，越过那几个女人。而那男子，一个人走在前面二十来米外，见到我便停下了脚步。

"您脚力真不赖呀……恰好天晴了。"

我松了口气，与他并肩走了起来。他接二连三地向我问这问那。几个女的见我们攀谈，便啪嗒啪嗒从后面跑上前来。

他背着一个大柳条包。四十岁的女人抱着小狗。两个姑娘，大的背着包袱，小的背着柳条包，每人都拿着挺大的行李。舞女则背着大鼓和鼓架。四十岁的女人也渐渐同我搭起话来。

"是高等学校的学生哪。"大姑娘跟舞女悄悄说道。

我一回头，舞女正笑盈盈地说：

"就是嘛！这我也看得出来。学生也到岛上来的呀。"

他们一行是大岛波浮港的人。说是春天离开岛上之后，一直四处卖艺，眼看天气转冷，又没有做过冬的准备，所以，打算在下田待上十来天，然后再从伊东温泉回到岛上。一听说大

岛，我更感到有种诗意，便又端详起舞女那头秀发，向他们打
听大岛的种种情况。

"来游泳的学生很多，对吧?"舞女对女伴说。

"是在夏天吧?"我回头问道。

舞女慌忙小声回答："冬天也来……"

"冬天也来?"

舞女仍旧看着女伴吃吃地笑。

"冬天也能游泳吗?"我又问了一句，舞女脸上飞红，神情
极其认真，微微点了点头。

"真是傻丫头。"四十岁的女人笑道。

去汤野要沿着河津川的溪谷往下走二十多里。一翻过山，
连山峦和天色都是一派南国气象。我和那男子不停地交谈，已
经十分熟稔了。过了荻乘、梨本这些小村庄，山麓下，便展现
出汤野的草屋顶。这时，我打定主意，说要同他们一起去下田
玩。他非常高兴。

到了汤野的小客店前，四十岁的女人露出告别的样子，那
男子代我说道：

"他说，要跟咱们搭个伴儿呢。"

"那可不敢当。不过，'出外靠旅伴，处世讲人情'。就算我
们这种下贱的人，也能给您解解闷儿。就请上来歇歇脚吧。"她

不在意地答道。姑娘们一齐望着我，并没有大惊小怪，只是一声不响，有点忸怩。

我和他们一起上了客栈的二楼，放下行李。席子和隔扇又旧又脏。舞女从楼下端来了茶水。在我面前刚坐下，就羞红了脸，哆嗦着手，茶杯差点从茶托上滑下来，她就势放到席子上，茶水全洒了出来。见她那不胜娇羞的样子，我一下愣住了。

"哎哟，好丢人！这丫头懂得害羞了。啧啧……"四十岁的女人显得十分惊讶，蹙起眉头，把手巾扔了过去。舞女拾起来，拘谨地擦着席子。

这意外的话，使我猛醒。在山上被老太婆挑起的妄念，扑哧一下，断了。

这工夫，四十岁的女人眼睛不住地打量我，忽然说道：

"您这件蓝底碎白花的衣裳真不错呢。"还盯住身旁的姑娘一再问：

"他这件碎白花的花纹，跟民次那件一样哩。你说，是不是？花纹一不一样？"然后对我说道：

"我有个上学的孩子留在老家，这会儿想起那孩子来了。少爷穿的，跟他的那件碎白花的一色一样。近来蓝底碎白花布贵得很，真要命。"

"他上什么学校？"

"普小五年级。"

"噢，都上五年级了，那……"

"上的还是甲府的学校呐。我们一直住在大岛，老家可是甲斐的甲府。"

歇了一个来小时，那男子把我领到一家温泉旅馆。本来，我只想能和他们同住一家小客店里。我们从街上朝下走了一百来米的石子路和石头台阶，然后，渡过河畔公共浴场旁的小桥。桥对面便是家温泉旅馆。

我在旅馆的室内温泉洗澡，随后那男子也进来了。他说，他快二十四了，妻子怀过两次孕，一次流产，一次早产，两个孩子都死了。见他穿着长冈温泉的号衣，起先以为他是长冈人。从长相和谈吐来看，也挺有见识。所以我曾猜想，他或者是好事，或者是迷上了卖艺的姑娘，才给她们背行李一路跟了来。

洗完澡，立刻吃午饭。早晨八点离开的汤岛，这时已快三点了。

临走，他在院子里仰头望着我，与我告别。

"拿这个买些柿子吃吧。从楼上扔下去，失礼啦。"说着，我把包好的钱扔下去。他推谢，想走掉，见纸包落在院子里，便踅回来捡了起来。

"这么着可不行。"说着便抛了上来，落在茅屋顶上。我又扔了一次，他才拿走。

黄昏时分，大雨倾盆。群山已分不出远近，茫茫苍苍一片白。前面的小河，眼看变得又黄又浑，水声喧腾。这么大的雨，舞女她们恐怕是不会来卖艺了。我心里尽管这样想，却仍是坐立不安，就几次三番地去洗澡。屋里半明不暗的。与隔壁相邻的隔扇上面，开了一个方洞，电灯就吊在横梁上，两室共用一盏灯。

"咚，咚，咚咚……"暴雨声中，远处隐约响起了鼓声。我打开挡雨板，那劲头都能把门抓破，我探出身去。鼓声越来越近了。风雨吹打着我的头。我闭上眼睛，侧耳凝听，想弄清鼓声究竟来自何处，又如何传到这里。少顷，又传来了三弦声。听见女人曼声的尖叫，还有热闹的嬉笑。于是，我明白了，艺人们是给叫到小客店对面饭馆的酒宴上了。听得出来，声音里，有两三个女的，夹杂着三四个男的。等那边结束了，该会转到这里来吧？我这么盼望着。然而，酒宴已不只是热闹，简直近于胡闹了。女人刺耳的尖叫宛如闪电，时时划过黑暗的夜空。我的神经绷得紧紧的，一直敞着门，动也不动地闷坐着。每次听见鼓声起，心头便赫然一亮。

"啊，舞女还在酒宴上。正坐着敲鼓哪。"

鼓声一停，我就受不了。身心仿佛已沉没于暴雨声中。

过了一会儿，也不知是追着玩儿呢，还是转着圈跳舞，响起一阵凌乱的脚步声。随后，一切寂然。我张大眼睛，想透过黑暗，看个究竟，这寂静意味着什么。我心中烦忧，今晚舞女会不会遭人玷污呢？

我关上挡雨板，钻进被窝，可心里依然痛苦不安。于是，又去洗澡。狂乱地搅动温泉水。这时，暴雨初霁，明月当空。雨后的秋夜，澄明似水。我心想，即便溜出浴池，赤脚赶到那里，也无济于事。这会儿，已是夜半两点多了。

三

第二天早晨，才过九点，那男子就到旅馆来了。我刚起床，便约他去洗澡。时值南伊豆的小阳春天气，长空一碧，明媚至极。浴池的下方，小河涨了水，沐浴在温煦的阳光下。自己也觉得昨夜的烦恼，恍如一场春梦。我向那男子试探地说：

"昨晚好热闹呀，一直闹到很晚吧？"

"哪里。都听见了？"

"当然听见了。"

"都是些本地人。尽瞎胡闹，一点意思也没有。"

他一点声色都不露，我只好不再作声。

"对面浴池里，她们几个也来了。你瞧，好像看见咱们了，还笑呐。"

顺着他指的方向，我朝河对面的公共浴场望去。热气蒸腾中，有七八个光着身子的人，若隐若现。

忽然，一个裸女从昏暗的浴池里头跑出来，站在更衣场的尖角处，那姿势就像要纵身跳下河似的，张开两臂，喊着什么。她一丝不挂，连块手巾都没系。她正是那舞女。白净的光身，修长的两腿，像一株幼小的梧桐。望着她，我感到心清似水，深深地吁了口气，不禁笑了起来。她还是个孩子啊。看见我们，竟高兴得赤条条地跑到光天白日里，踮起脚，挺直身子。这真是个孩子啊。我好开心，爽朗地笑个不停。仿佛尘心一洗，头脑也清亮起来。脸上始终笑眯眯的。

舞女那头秀发非常浓密，我当她有十七八了呢。再说，她打扮成大姑娘的样子，以至于我才会有那么大的误会。

我和那男子刚回房间不久，大姑娘就到旅馆的院子来看菊圃。舞女走到桥中间，四十岁的女人恰好从公共浴场出来，望着她俩。舞女一缩肩膀，笑了笑，意思是：会挨骂的，得回去啦。转身赶紧走了。四十岁的女人来到桥前，招呼说：

"请来玩啊。"

"请来玩啊。"

大姑娘也跟着说了一句，几个女的都回去了。那男子一直待到傍晚。

晚上，我正和做纸生意的行商下围棋，忽然听见旅馆院内响起鼓声。我想站起来，便说：

"卖艺的来了。"

"嗳，没意思，那玩意儿。来呀，来呀，该你走啦。我下这儿了。"他点着棋盘说，一心只想争个胜负。我却心不在焉，这时，艺人们好像要回去，那男子在院子里向我打招呼：

"晚上好。"

我走到廊下，朝他招招手。艺人们小声商量了一会儿，然后绕进大门。三个姑娘跟在男的身后，挨着个寒暄：

"晚上好。"手拄在廊下的地板上，像艺伎那样行礼。棋盘上，我顿时现出败相。

"这下没救了。我认输。"

"没有的事。我这棋才糟呢。反正不相上下。"

纸商对艺人连瞧都不瞧，一一数起棋盘上的棋子，然后，下得越发用心。几个女的把大鼓和三弦什么的，都归置到角落里，然后在象棋盘上玩起五子棋来了。这工夫，本来该我赢的棋，却输了。纸商还死乞白赖地说：

"怎么样？再来一盘吧，再来一盘好不好？"

我不置可否地笑笑，纸商只好死心，起身走了。

三个姑娘都凑到围棋盘跟前。

"今晚还要去别处转吗？"

"要去的，不过……"那男的瞅着姑娘们说，"怎么样？今晚就算了，咱们玩会儿吧？"

"太好了！真开心！"

"不会挨骂吗？"

"怎么会呢。再说，没客人，反正是白转悠。"

于是，她们就摆起五子棋来，一直玩到过十二点才走。

舞女回去后，我毫无睡意，脑子十分清醒，便到走廊上喊道：

"老板！老板！"

"来喽……"快六十的老头子，从屋里跑出来，劲头十足地答应着。

"今晚杀他个通宵！下到天亮！"

我也斗志昂扬起来了。

四

我们约好第二天早晨八点从汤野出发。我戴上在公共浴场旁买的鸭舌帽，把高等学校的学生帽塞进书包里，朝着沿街的小客店走去。二楼上的纸拉门大敞着，我不假思索走了上去，艺人他们还睡在被窝里。我不知所措，呆呆地立在走廊上。

舞女就睡在我脚旁的铺上，脸一下红了起来，急忙用手捂住。她和二姑娘睡在一起。昨夜的浓妆还残留在脸上。嘴唇和眼梢微微发红。这副楚楚动人的睡态，深深印在我心上。她像怕晃眼似的手捂着脸，一骨碌翻身出了被窝，坐在走廊上。

"昨晚上多谢啦。"说着，还优雅地鞠了一躬，这倒叫我站在那里很尴尬。

那男子和大姑娘同睡一个铺盖。没看见这情景之前，我压根儿不知道他俩还是夫妻。

"真对不住您呐。本来打算今儿走，可晚上有个饭局，准备再待一天。您要是非今儿走不可，那就下田再见吧。我们定的客店是甲州屋，一打听就知道。"四十岁的女人从铺上欠起身子说。我感觉好像被人甩了似的。

"明天走不行吗？妈非要再拖一天不可。路上还是有个伴儿的好。明天一起走吧。"那男子说。四十岁的女人便又补充道：

"就这么着吧。您现巴巴儿地跟我们做伴，我们却只顾自己，太对不住您了……明儿就是下刀子也得走。后儿个是我们那个死在路上的小囡的七七。早就打算到那天，在下田做七七，尽点心意。我们这么急急忙忙赶路，为的就是要赶在那天之前到下田。这话要说呢，有点失礼，不过，咱们还真有缘分，赶后儿个就请您也来祭祭吧。"

于是我也推迟一天动身，便下了楼。一边等他们起床，一边在脏兮兮的帐房里，同客店的人闲谈。这工夫男的来邀我去散步。从大街朝南走不远，有座挺漂亮的桥。我们在桥上凭栏而立，他又说起自家的身世来。说他以前在东京，曾一度与那些新派演员混在一起，至今还常在大岛的码头上演戏。有时刀鞘会像脚一样从包袱里支棱出来，是在酒宴上拉架势演戏用的。柳条包里，尽是些服装道具和过日子用的锅碗瓢盆。

"我自误终生，落得穷途潦倒；哥哥倒在甲府继承了家业，兴旺发达。我这个人，唉，成了多余的了。"

"我一直以为你是长冈温泉的人呢。"

"是吗？那个大姑娘是我妻子。比你小一岁，十九啦。半路上，第二个孩子小产，活了一星期就断气了。她身子还没大恢复好。老的是她妈。跳舞的是我亲妹妹。"

"咦？你说有个十四岁的妹妹……"

"就是她呀。唯独这个妹妹，我想来想去，实在不愿叫她干这营生。可其中也有种种苦衷啊。"

然后他告诉我，他名叫荣吉，妻子叫千代子，妹妹叫薰。

另一个姑娘叫百合子，十七岁，只有她是大岛人，雇来的。荣吉十分感伤，忍泪凝望着浅水湍流。

回来时，看见舞女已经洗去脂粉，正蹲在路旁抚摸小狗的头。我要回自己的旅馆，便说了句：

"来玩吧。"

"哎。不过，我一个人……"

"跟你哥一起来嘛。"

"马上就去。"

不大会儿工夫，荣吉来了。

"她们呢?"

"因为妈管着她们。"

我们俩刚玩了一会儿五子棋，她们就过了桥，咚咚地跑上楼来。照例先恭恭敬敬地行礼，然后坐在走廊上，迟疑不动，千代子头一个站起身来。

"这是我住的屋子。别客气，请进来吧。"

玩了有一个来小时，他们便到旅馆里的室内温泉洗澡去了。还一再劝我一起去。因为有三个年轻女人，我就敷衍说，待会儿再去。可是，舞女马上一个人上楼来，给千代子传话，说：

"嫂子说要给您搓背，请您去呢。"

我没去洗澡，和舞女玩起五子棋来。不承想，她倒挺能下。

比赛时，荣吉和其他两个女的，我不费吹灰之力就能赢。下五子棋，大抵都不是我的对手，但同她，我得全力以赴才行。无须手下留情，非常痛快。因为屋里只有我们两人，起初她离得老远的，要伸长胳膊才能下子。渐渐地，她忘其所以，专心致志，上身竟遮住了棋盘。那头美得异乎寻常的黑发，简直要碰到我的胸脯。蓦地，她脸一红，说道：

"对不起。要挨骂了。"扔下棋子就跑出去了。姆妈正站在公共浴场前。千代子和百合子也慌慌张张走出澡堂，连楼都没上便逃了回去。

这一天也是从早到晚，荣吉一直在我的住处玩。纯朴亲切的旅馆老板娘劝我说，请那种人吃饭，白糟蹋钱。

晚上，我去小客店，舞女在跟姆妈学三弦。一见到我便停下手来，姆妈说了她，才又抱起三弦。每次歌声稍高一些，姆妈就说：

"不是叫你不要那么大声吗？"

荣吉给叫到对面饭馆二楼的酒席上，不知在吟唱什么。从这边也看得见。

"他唱的什么？"

"那是……谣曲呀。"

"这谣曲，有点怪哩。"

"他是个万金油。谁知他唱的什么!"

这时,有个四十来岁的汉子,打开隔扇,叫姑娘她们过去吃东西。听说他在小客店租了间屋,是个卖鸡肉的。舞女便和百合子拿上筷子到隔壁去,吃他吃剩的鸡肉火锅。回到这屋时,卖鸡肉的轻轻拍了拍舞女的肩膀。姆妈就凶巴巴地板起脸。

"喂!别碰这孩子!她可是个黄花闺女呐。"

舞女却一口一个大叔地喊着,央求他念《水户黄门漫游记》给她听。可是,卖鸡肉的一会儿就走了。她不好意思直接求我接着念,便不住地跟姆妈嘀咕,似乎要姆妈开口求我。我怀着一个期望,拿起了话本。果然,舞女痛痛快快地靠近跟前。我一开始念,她就把脸凑过来,都快挨上我的肩膀,表情十分认真,眼睛闪着光芒,聚精会神地盯着我的前额,一眨也不眨。这大概是她听人读书时的常态。方才跟卖鸡肉的就快脸碰脸了。那情景我都看在眼里。舞女那又大又黑的明眸,顾盼神飞,是她最美丽动人之处。双眼皮的线条,有说不出的妩媚。而且,她笑靥如花。用"笑靥如花"一词来形容她,真是再恰当不过了。

过了一歇,饭馆的女侍来接舞女。她穿好衣裳对我说:

"我马上就回来,待会儿再接着念,好么?"

然后,到了走廊上,两手扶着地行礼说:

"我走了。"

"可千万别唱歌!"姆妈说完,舞女拎起大鼓,轻轻点了点头。姆妈回头看着我说:

"她现在正在变嗓子……"

在饭馆的楼上,舞女端庄地坐着敲鼓。她的背影,宛如近在隔壁,看得很清楚。鼓声使我心荡,令我欢喜。

"有了鼓,这宴会才热闹。"说着,姆妈也转过头望着对面。

千代子和百合子也都到那酒宴上去了。

过了一小时,四个人一起回来了。

"只给了这么点儿……"舞女把攥在手里的五个银角子,稀里哗啦地倒在姆妈手上。我又读了一阵《水户黄门漫游记》。她们提起死在路上的婴儿。说孩子生下来像水一样透明,连哭的气力都没有。尽管那样,还活了一星期。

我对他们,既不好奇,也不轻蔑,压根儿忘掉了他们是些跑江湖卖艺的。我这种寻常的好意,大概沁透他们的心田。我决定等几时到大岛他们家去看看。

"要是住爷爷那间房子才好呢。那儿宽敞,再把爷爷弄出去,就清静了,住多久都行。还能够用功什么的。"几个人商量半天,然后对我说:

"我们有两座小房,山上那座一直空着。"

还说，等正月里请我去帮忙，大伙儿都要上波浮港演戏去。

我渐渐明白，他们虽然天涯漂泊，那心境却是悠闲自在，不失自然纯朴，并不像我当初想象的那样困厄劳顿。因为是母女兄妹，其间自有骨肉亲情的一条纽带维系着。只有雇来的百合子，十分腼腆，在我面前总是不声不响。

直到半夜，我才离开小客店。姑娘们送我出来。舞女把木屐替我摆好，在门口探头看了看天，夜空一派清明。

"啊，月亮……明儿就到下田啦，好开心呀。要给囡囡做七七，叫姆妈给我买把梳子，还有好多事呢。您带我去看电影好么?"

下田港是座充满乡愁的城镇，令人怀念不已，凡是流浪到伊豆相模一带温泉浴场的艺人，无不把它看作天涯羁旅中的故乡。

五

同过天城山时一样，艺人他们拿着各自的行李。小狗将前爪搭在姆妈的胳膊上，一副老于行旅的神情。出了汤野，便又进山。海上的旭日，温煦地照着山腹。朝着旭日升起的地方望去，河津川的前方，河津海滨豁然展现在眼前。

"那就是大岛吧?"

"看着都那么大呢。您可要来啊!"舞女说。

也许秋空过于明丽,朝阳初起的海上,反倒烟霞缥缈,仿佛春日。从这里到下田,要走四十里路。有一段路上,大海时隐时现。千代子悠然地唱起歌来。

半路上,他们说,山间有一条小路,虽说险了点儿,却近了四里来路,问我,是抄近路呢,还是走平坦的大道?我当然挑了近路。

那是密林中的一条上坡路,满地落叶,又陡又滑。我累得直喘气,却不管三七二十一,手撑着膝盖,加快了步伐。眼看着他们几个落在后面,只听见林中传来的说话声。舞女撩起下摆,紧跟了上来,离我不到两米远,她既不想离得更近,也不愿落得太远。我回过头去同她搭话,她好似一惊,停下脚步,含笑回答。本想说话的工夫让她赶上来,便等着她,但她依然止步不前,直到我抬脚,她才迈步。峰回路转,更加险峻难行。从那段路起,我愈发加快步伐,舞女仍在我身后不到两米远,一心只顾往上攀登。空山寂寂。其他人远远落在后面,连说话的声音也听不见了。

"少爷家在东京什么地方?"

"不,我住在学校的宿舍里。"

"我也去过东京，赏花时节去跳过舞……不过，那时很小，现在什么都记不得了。"

然后，舞女有一搭没一搭地问我：

"您父亲在么?" "您去过甲府没有?"什么都问。还提起，到了下田要看电影啦，路上死去的婴儿啦，诸如此类的一些事。

终于爬到山顶。舞女把大鼓放在枯草中的凳子上，拿手巾擦了擦汗，接着刚要掸自己脚上的尘土，却忽然蹲在我跟前，给我掸起裙裤来了。我赶忙闪开身子，舞女咕咚一下，膝盖着了地。竟这么跪着给我周身上下掸了一通，然后，放下撩起的下摆，对还站着大口喘气的我说：

"请坐下吧。"

凳子的一侧，飞来一群小鸟。周遭一片寂静，只有小鸟飞落枝头时枯叶发出的沙沙声。

"干吗要走得那么快呀?"

舞女似乎很热。我用手指咚咚敲了两下鼓，小鸟便都飞走了。

"啊，真想喝水。"

"我去找找看。"

过了片刻，舞女从枯黄的杂木林中空手而回。

"在大岛，你都做些什么呢?"

于是，舞女没头没脑地提起两三个女孩的名字，说些我听了莫名其妙的话。她好像说的不是大岛，而是甲府。是她仅念过两年小学的那些同学的事。想到什么便说什么。

等了十分钟左右，三个年轻人也到了山顶。又过了十分钟，姆妈才到。下山时，我和荣吉故意落在后面，慢腾腾地边走边聊。刚走了半里路，舞女从下面跑了上来。

"下面有泉水。请快点来。都没喝，在等您呢。"

一听说有水，我就跑了起来。树荫下，一股清泉从岩间涌出。几个女的，站在泉边。

"来吧，少爷请先喝。手伸进去，要弄浑，又怕女人先喝了，您嫌脏。"姆妈说。

我用手捧起清凉的泉水，喝了起来，几个女的却不肯就此离去。还要涮涮手巾擦擦汗。

下了山，走上去下田的大路，便见几处烧炭的青烟袅袅。我们坐在路旁的木材上歇脚。舞女蹲在路上，用把粉红的梳子梳理小狗的长毛。

"那不是要把齿儿弄断吗？"姆妈责备说。

"管它呢。反正到下田要买把新的。"

插在她头上的这把梳子，还在汤野的时候，我就打算向她讨过来，见她用来梳狗毛，觉得很不应该。

　　路的对过，有很多捆矮竹竿，我说了句"当手杖倒挺合适"，便和荣吉起身先走了。一会儿，舞女跑着追上来，拿了一根比她人还高的粗竹竿。

　　"你这是干吗?"荣吉一问，舞女有些着慌，把竹竿递到我面前说：

　　"给您当手杖使。我抽了一根顶粗的来。"

　　"那可不行。粗的一看就知道是偷来的，给人瞧见多不好。送回去!"

　　舞女踅回竹竿捆那里，随即又跑了过来。这回，给我一根有中指粗细的竹竿。然后倒了下去，背靠在田畦上，喘着粗气等她们三个。

　　我和荣吉始终走在前面，隔着十多米远。

　　"只要拔掉，镶颗金牙，不就行了嘛。"舞女的声音忽然传到我耳朵里，回头一看，她正和千代子并肩而行。姆妈和百合子还要落后几步。她们似乎没发现我回头，千代子说：

　　"那倒是。这话你告诉他不好么?"

　　好像是在谈论我。千代子大概说我牙齿长得不整齐，舞女就提起镶金牙的事来。可能是在品评我的相貌吧。我对她们已有种亲切感，并不着恼，也无意再听下去。两人继续小声说了一阵，又听见舞女说：

"是个好人啊。"

"那倒是。是像个好人。"

"真是个好人呀。好人真好。"

那话语，透着单纯与率真。那声音，天真烂漫地流露出她的情感。老实说，连我自己也觉得，自己是个好人了。我心花怒放，抬眼眺望明媚的群山。眼内微微作痛。我都二十了，由于孤儿脾气，变得性情乖僻。自己一再苛责反省，弄得抑郁不舒，苦闷不堪，所以才来伊豆旅行。别人从世间的寻常角度，认为我是个好人，心里真有说不出的感激。群山之所以明媚，是因为快到下田海滨了。我挥舞那根竹杖，横扫秋草尖头。

途中，处处的村口都竖着牌子：

"乞丐与艺人，不得入村！"

六

甲州屋这家小客店就在下田的北口附近。我跟在艺人他们身后，上了像阁楼似的二楼。没有顶棚，坐在临街的窗畔，头便能碰到屋顶。

"肩膀痛不痛？"姆妈一再盯问舞女。

"手痛吗？"

舞女优美地做出敲鼓的手势。

"不痛。您看，能敲。还能敲。"

"那就好。"

我提了提鼓。

"哎呀，好沉呀。"

"比您想的要沉吧。比您的书包还沉哪。"舞女笑着说道。

艺人向店里别的客人热情地打招呼，都是他们卖艺、走江湖的同道。下田这个码头，似乎就是这样一些漂泊者的归宿。店家的小孩，摇摇晃晃走进房间，舞女给了他几个铜板。我正要离开甲州屋，舞女便抢先到大门口，给我摆好木屐，自言自语似的悄声说：

"记着领我去看电影啊。"

我和荣吉求一个像无赖似的人带了一段路，到了一家旅馆，说是老板原先当过镇长。洗完澡，和荣吉一起吃的午饭，菜里有新鲜的鱼。

"明天做法事，拿这个买束花供上吧。"

说着，把一个钱数很少的小纸包叫荣吉带回去。明天一早，我得乘船回东京了，因为旅费已经花光。我说是学校里有事，他们也就不便勉强挽留了。

吃完午饭不到三小时，又吃晚饭。然后，我独自一人朝北走去，渡过桥，登上下田的富士山，眺望海港风光。归途顺便去甲州屋，艺人他们正在吃鸡肉火锅。

"少爷也来吃点吧。虽说女人筷子先动过，不干净，以后尽可当笑料嘛。"姆妈说着就从行李里取出碗筷，叫百合子去洗了来。

明天就是婴儿的七七，哪怕再多待一天也好。他们又劝了我一通。我拿学校做挡箭牌，没有答应。姆妈一再说：

"那就等到寒假，大伙到船上去接您好了。事先告诉个日子。我们可盼着您呐。住旅馆可不行。我们会到船上接您呐。"

房间里只剩下千代子和百合子，我请她们去看电影，千代子捂着肚子说：

"我身子不舒服。走了那么多路，实在吃不消了……"她面色苍白，已经精疲力尽。百合子拘谨地低着头。舞女在楼下同店家的孩子玩，见了我，便央求姆妈让她看电影去。可是，她面无表情，木然走回这边，给我摆好木屐。

"那有什么？带她一个人去，不也可以吗？"虽然荣吉也极力劝说，姆妈仍旧不答应的样子。为什么不能带她一个人去呢？我实在纳闷。出了大门，舞女刚好在那里摸小狗的头。脸上冷冷的，我都没法儿跟她搭话。她仿佛连抬头看我一眼的气力也没有了。

我一个人去看的电影。女解说员在小煤油灯下读着说明书。我旋即离去，回到旅馆。在窗台上支肘枯坐，久久地凝视着夜幕下的街市。街市黑沉沉的。我觉得，仿佛远处不断传来隐约的鼓声。我无端地扑簌簌流下了眼泪。

七

动身那天早晨，七点钟吃饭时，荣吉在街上喊我。他穿了一件印着家徽的黑外褂。他大概为给我送行才穿的这身礼服。我却没有看到她们几个。我顿感惆怅。荣吉进屋说道：

"她们都想来送您，可昨晚睡得太迟起不来，真对不住。她们说，盼着您冬天来，一定要来呀。"

街上秋风乍起，晓寒侵身。荣吉在路上给我买了四盒敷岛牌香烟，还有柿子和薰牌清凉散。

"因为我妹妹的名字叫薰。"他笑了笑说，"船上吃橘子不好，不过，柿子能止晕，可以吃点儿。"

"这帽子给你吧。"

我摘下鸭舌帽，戴在荣吉头上。然后从书包里掏出学生帽，抚平皱褶，两人笑了起来。

走到码头，舞女蹲在海边的身影，一下闯入我的心扉。直到我们走到她身旁，她都凝然不动，默默地低着头。脸上依然留着昨夜的浓妆，越发加重我的离情别绪。眼角上的两块胭脂红，给她似恼非恼的脸上，增添一丝天真而凛然的神气。荣吉问道：

"她们也来了？"

舞女摇了摇头。

"还在睡觉？"

舞女点了点头。

荣吉去买船票和摆渡票的工夫，我变着法儿跟她搭讪，她都一声不响，只管低头望着水渠入海处。每次不等我讲完，她就频频点头。

这时，一个做小工似的汉子向我走来。

"大娘，这个人倒合适。"

"这位学生，是去东京的吧？看您这人挺可靠，求您把这位老婆婆带到东京去行不行？老婆婆好可怜喔。她儿子在莲台寺的银矿上干活，得了流感，连儿子带媳妇全死了。留下这么三个小孙孙。走投无路哇，大伙儿合计了一下，还是叫她回老家吧。老家呢，在水户，可她任嘛不懂，等到了灵岸岛，送她坐上去上野的电车就行。给您添麻烦了，咱们这儿给您作揖，求您啦。瞧瞧她这形景，八成儿您也会觉得怪可怜的，是不是？"

　　老婆婆痴呆呆地站在那里，背上背着一个吃奶的孩子，一手拉着一个女孩，小的三岁上下，大的五岁左右。脏包袱里露出大饭团和咸梅干。五六个矿工在安慰她。我很爽快，答应照料她。

　　"那就拜托啦。"

　　"谢谢您啦。本来俺们该把她送到水户去，可是办不到啊。"矿工们一一向我道谢。

　　渡船摇晃得厉害。舞女依旧紧紧地抿着嘴，望着一边。我抓住绳梯，回过头去，她似乎想道一声珍重，却又打住了，只是再次点了点头。渡船已经返航归去。荣吉不停地挥舞着我方才送他的那顶鸭舌帽。直到轮船渐渐离去，舞女才扬起一件白色的东西。

　　轮船驶出下田海面，我凭栏一心远眺着海上的大岛，直到伊豆半岛的南端消失得无影无踪。与舞女离别，仿佛已是遥远的过去。不知老婆婆怎么样了，便去船舱张望了一下，见有许多人围坐在她身旁，似在多方安慰她。我放下心，进了隔壁的船舱。相模滩上，波涛汹涌。一坐下去便不时地左右摇摆。船员四处分发小铜盆。我枕着书包躺了下去。头脑空空，失去了时间感觉。泪水唰唰地流在书包上。脸颊感到凉冰冰的，只得将书包翻过一面。有个少年躺在我的身旁，是河津一家工厂主的儿子，去东京准备升学考试。见我戴着一高的学生帽，似乎对我抱有好感。交谈几句之后，他问：

"您是不是遇到什么不幸了？"

"没有。我刚刚同人告别来着。"

我回答得非常坦率。即使让人看见我流泪，也不在意了。我无思无念，只感到神清气爽，心中惬意，静静地睡去。

海上是几时暗下来的，我竟然不知道。网代和热海一带，已灯火璀璨。我的肌肤有点冷，肚里感到饿。少年给我打开竹叶包，我似乎忘记那是别人的东西，拿起紫菜饭卷便吃。然后，钻进少年的学生斗篷里。一种美好而空虚的心情油然而生，不论人家待我多亲昵，我都能安然接受。我甚至想，明天一早，带老婆婆去上野站，给她买张去水户的票，那也是自己应该做的。我感到天地万物，已浑然一体。

船舱里的煤油灯，已经熄灭了。船上装的生鱼和潮水的气味，变得浓烈起来。黑暗中，少年的体温给我以温暖，我任凭眼泪簌簌往下掉。脑海仿佛一泓清水，涓涓而流，最后空无一物，唯有甘美的愉悦。

(一九二六年)